Shenqi De Silu Minjian Gushi

神奇的丝路民间故事

菲律宾民间故事

FEILVBIN MINJIAN GUSHI

丛书主编　姜永仁

本册主编　吴杰伟

时代出版传媒股份有限公司

安徽文艺出版社

图书在版编目（ＣＩＰ）数据

菲律宾民间故事/吴杰伟本册主编. —合肥：安徽文艺出版社，2018.1
（2020.6重印）
（神奇的丝路民间故事/姜永仁主编）
ISBN 978-7-5396-6110-0

Ⅰ．①菲…　Ⅱ．①吴…　Ⅲ．①民间故事－作品集－菲律宾
Ⅳ．①I341.73

中国版本图书馆 CIP 数据核字(2017)第 132061 号

出 版 人：朱寒冬　　　　　　出版统筹：周　康　李　芳
责任编辑：张　磊　　　　　　装帧设计：徐　睿
....
出版发行：时代出版传媒股份有限公司　www.press-mart.com
　　　　　安徽文艺出版社　www.awpub.com
地　　址：合肥市翡翠路 1118 号　邮政编码：230071
营 销 部：(0551)63533889
印　　制：济南市莱芜凤城印务有限公司
....
开本：880×1230　1/32　印张：7.375　字数：156 千字
版次：2018 年 1 月第 1 版　2020 年 6 月第 2 次印刷
定价：28.00 元
....
（如发现印装质量问题，影响阅读，请与出版社联系调换）

总　序

青少年朋友们,大家好!

安徽文艺出版社为了配合"一带一路"倡议的实施,决定出版一套《神奇的丝路民间故事》丛书,并邀请我担任这套丛书的主编,这使我激动不已。一方面是因为我年逾古稀还有机会为"一带一路"倡议的实施贡献出自己的一份力量,另一方面是因为我能为祖国的未来——青少年朋友的成长做一件有益的事情。为此,我毅然决定接受邀请,出任该套丛书的主编。

2013 年,习近平主席在访问哈萨克斯坦和印度尼西亚期间,先后提出共同建设"丝绸之路经济带"和"21 世纪海上丝绸之路"的倡议。这一倡议是希望通过政策沟通、设施联通、贸易畅通、资金融通、民心相通,使沿线国家乃至世界各国能够共享我国改革开放经济发展的成果,是一项共商、共建、共享的战略设计。截至目前,已经有100 多个国家和国际组织参加到"一带一路"建设中来,纷纷将本国的发展计划与"一带一路"建设计划对接。

安徽文艺出版社策划出版的《神奇的丝路民间故事》丛书正是在这种形势下应运而生。它的问世是落实"一带一路"倡议的需求,是我国与"一带一路"沿线国家人民实现民心相通的需求。它的出版,必将有助于我国与"一带一路"沿线国家人民加深了解、增强互信。

　　《神奇的丝路民间故事》丛书包括丝路沿线的俄罗斯、匈牙利、印度尼西亚、泰国、缅甸、越南、柬埔寨、老挝、菲律宾、马来西亚、伊朗、巴基斯坦等国家的民间故事。这些国家的民间故事情节动人,形象逼真,寓意深刻,有益于青少年的成长。

　　青少年是国家的未来,是祖国的希望,是建设国家的栋梁,肩负着实现中国梦的重任,任重而道远,只有多读书,读好书,增加知识,增长才干,才能不负众望,才能不辱使命,为实现中华民族伟大复兴的中国梦而贡献力量。

　　安徽文艺出版社编辑出版的《神奇的丝路民间故事》丛书恰逢其时,值得青少年朋友一读。

姜永仁

于北京大学博雅德园寓所

2017 年 10 月

前　言

　　菲律宾由 7000 多个岛屿组成,其中 2773 个已有名称,其余的尚未起名,被称为"千岛之国"。菲律宾地貌复杂多样,有山脉、平原、高原、峡谷、湖泊、大河、火山、草原、森林等诸多形态。菲律宾人口 1.03 亿,85% 以上的人口信奉天主教。菲律宾是历史上中外文化交流的重要"中转站",也是海上丝绸之路的重要节点,在中外文化交流中扮演了重要的角色。中国政府在提出"一带一路"倡议之后,民心相通成为促进"一带一路"倡议落到实处的发力点。要做到民心相通,就需要了解"一带一路"沿线国家的文化,特别是涉及广大民众的民俗文化,而民间故事就是了解菲律宾普通民众文化渊源的有效途径。

　　从民间文学的形式、内容、功能上看,菲律宾民间文学虽然经过了长期的发展,但仍然保持着原始特征,充分保留了民间文学的基本元素,成为菲律宾传统文化的深层次根源。作为菲律宾文化的渊源和代表形式之一,各个民族的民间文学在菲律宾的历史发展过程中发挥着重要的作用,民间文学中的情节在各种文学作品以各种形式反复再现。菲律宾社会在发展过程中,受到来自中国文化、印度文化、阿拉伯－伊斯兰文化和西方文化的影响,这些影响也渗透到菲律宾的民间文学中。菲律宾文化的发展历史是一部吸收、融合东西方文化形式的历史,是一部各种外来文化在菲律宾本地化的历史。《双子传奇》就讲述了两位苏丹王子的传奇故事;《年轻公主》故事中年轻貌美的公主和王子就是在教堂里举行婚礼。这些故事充分说明,外来文化的形态融入了菲律宾的故事情节中,也从一个侧面为了解菲律宾提供了宝贵的文化滋养。

本书在编写过程,得到了菲律宾驻华使馆、菲律宾马尼拉雅典耀大学和菲律宾华裔青年联合会的大力支持和帮助。杨建悦女士和北京大学菲律宾语专业师生也参与了一部分翻译和修改工作。特此致谢!

菲律宾民间故事是一个广阔的研究领域,编者只是选择了菲律宾民间故事中的典型代表,还有数量众多的民间故事在菲律宾社会中流传。这本民间故事集,只是了解菲律宾民间故事的一条途径,还有很多的民间故事等待去进一步搜集、整理和呈现。

由于时间有限,编者能力有限,书中难免出现纰漏,希望广大读者不吝赐教。

吴杰伟

目　　录

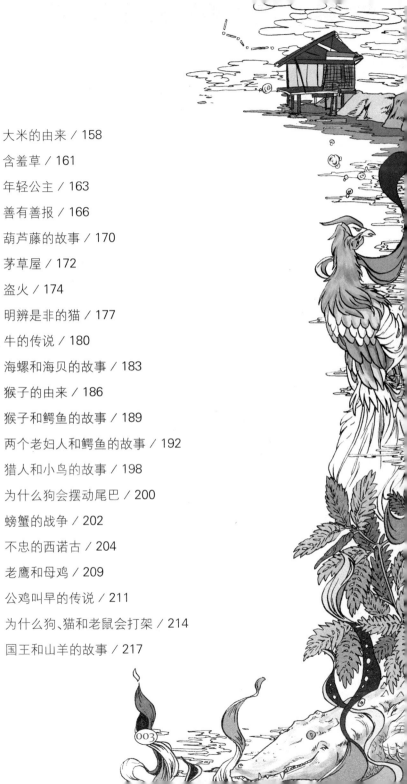

为什么天空那么高

很久以前,天空并不像现在这么高。那时,有两兄弟和他们的父母住在地面上。兄弟俩一个叫依纳特,在菲律宾语中是"小心谨慎"的意思;另一个叫达斯科,是"草率、毛躁"的意思。正如他们的名字,依纳特做任何事都非常细心,于是就成了父亲的好帮手,帮助父亲在田里做农活;达斯科做事草率急躁,家务就由他来负责。可是达斯科做家务的时候也是毛手毛脚的,提水、打扫屋子、做饭总出问题。甚至在舂米时,达斯科也会把一半的稻谷洒到地上。他既懒惰又没有耐心,非常不喜欢干舂米这个活。

一天,达斯科要舂一大堆稻谷,比平常多得多。每次他举起杵杆时,都会打到天空,这令他非常恼火。于是他把舂米杆挥得更高,想快点儿把米舂完。每当他打到天空时,天空就会上升一些。达斯科急急忙忙,根本没注意到天空在上升。他舂完米,抬头一看,才发现天空已经升得很高了,就在今天所在的位置。

长庚星与启明星的传说

从前，一位王后生了一对双胞胎，一个男孩和一个女孩。他们是人们见过的最可爱、最漂亮的孩子。为了庆祝小公主和小王子的诞生，王宫里举办了盛大的庆典和宴会，还鸣礼炮七十响以示庆贺。

相邻敌国的国王却趁机率领大军攻打王宫。混战中，两个孩子被分开了。小王子被敌国的国王掳走，抚养成人后成为他的继承人。而小公主则被一个牧羊人和他的妻子收养，在山间简陋的小屋里被抚养长大。

一年又一年过去了，王子长成了一个十分英勇的男子汉，小公主也变成一位美丽而又贤惠的姑娘。

一天，一位英俊的王子骑着白马从牧羊人的小屋前经过。他看见了正在纺线的美丽的姑娘，立刻为她的美貌所倾倒。王子当即就向姑娘求婚，姑娘接受了。老牧羊人和妻子虽然舍不得让女儿离开自己，但他们被王子的热情和真诚所打动，同意了两个年轻人的婚事。

一天早晨,王子和公主在王宫里聊天,他们谈着谈着,就谈到了各自的身世。

"我以前有过一个双胞胎妹妹,"王子说,"如果她还在这个世上的话,她肯定和你一样美丽。在我还在襁褓中的时候,我养父和我亲生父亲打仗,养父把我掳了来。我满世界地寻找我妹妹,可到现在我还是没有发现她的踪迹。"王子痛苦地低下头。公主想,他的命运和自己是多么相似啊!

"我也有个双胞胎哥哥,"公主说,"但当我还是个婴儿的时候他就不见了。"然后她露出她的臂膀,臂膀上印有他们已去世的父亲的徽章。王子也袒露出他的臂膀,他们惊奇地发现,上面也有一个同样的徽章。他们俩明白了他们是亲兄妹。为了赎去他们的罪过,他们决定分开。王子选择了向西边去的路,而公主选择了向东边去的路。

年复一年,他们在各处游荡,王子一直往西去,而公主一直往东去。最后,上帝同情他们,结束了他们的一切苦痛,把他们安置在天空中不同的位置。英俊的王子在西方,他变成了长庚星;美丽的公主在东方,她变成了启明星。直到现在,两个人都尽量不见对方的面。

天上北斗七星的由来

在一个名叫卡巴都汉的小镇里住着母子俩,他们非常穷困,靠着上帝的恩赐才活了下来。老妇人是个善良的母亲;小男孩不但长得很可爱,而且对人毕恭毕敬,很有礼貌。

有一天,厄运降临了小镇,所有的井都干涸了。这些井可是人们日常用水的唯一来源啊。很快,许多人就病倒了,快要渴死了。善良的老母亲也不例外,由于极其口渴,她病倒了。

"我的孩子,"她对小男孩说,"去找些水给我吧,哪怕只有一滴,不然我就要渴死了。"

"好的,妈妈。"小男孩孝顺地说,然后从厨房里拿了一个椰壳做的水瓢,便出去了。然而,无论他走到哪儿都找不到水。他看到的只是阴郁和黑暗,几乎所有的人都因为口渴而躺在地上等死。他又走了一段路,抬起头向天空望去,祈祷道:"上帝啊,我的主!请赐我一点儿水吧!"

他低下头,惊奇地发现水在他面前源源不断地涌出。他赶紧用水瓢接满了水,感谢了上帝的恩赐,飞快地往回跑,好把水送给母亲。正跑着,他突然听见有人叫他,回过头一看,是一个老翁。

"孩子,请给我一点儿水吧,哪怕只是一小口,来润一润我的嗓子。"老翁说。

尽管这水是给妈妈的,小男孩还是分给了老人一些。但不幸的是,他被绊倒了,跌到地上,水瓢撞到一块石头上,摔成了碎片,而水则被干裂的大地吸得精光。

面对这一切,小男孩大哭起来。想起可怜的母亲,他又一次仰望天空为水而祷告。接着他想把他所站的这块地方挖开,因为就是这块土地把水吸走的。令人惊奇的事情发生了,水喷涌而出,源源不断,形成了一口大井,他大喜过望。他再一次仰起头感谢上帝时,看见摔碎的水瓢慢慢地升起向高空飞去,变成了星星,照着摔碎的样子排列着,就像是一把舀水的勺子。

小男孩兴高采烈地大叫着,告诉人们快拿上容器去接水。小男孩另找了一个容器,装满了水,迅速跑回家。当他回到家里的时候,母亲已经奄奄一息了。她喝了水,立刻就恢复了精力,坐了起来。

"我的孩子啊,"老妇人叹息道,"你真是个好孩子!"

"妈妈,这全是上帝的恩赐。"

从那以后,每个晴朗的夜晚,人们都可以看见苍穹中那串勺状的星星,从中,我们可体会到孩子为母亲打到水时那种快乐的心情。

月亮的由来

传说从前天上没有月亮,太阳在天上时常感到十分寂寞,即使所有人都奉他为天上的皇帝,他也高兴不起来。他心里想:没有皇后,当这皇帝又有什么意思呢?

每天早晨,太阳愁眉苦脸地出现在天上,晌午一过,马上就回去休息了。太阳出现在天上的时间很短,发光很少。这对太阳来说没有什么要紧的,可是人间却遭了殃。地上照到阳光的时间比没有阳光的时间短得多,大部分时间都是天昏地暗的,人们非常痛苦,眼看就要活不下去了,于是向国王抱怨太阳发光太少太弱。国王看到百姓们生活在痛苦之中,心里也十分着急。他召集大臣,要他们帮他想个办法,让太阳在天上停留的时间长一点。大臣们想了又想,怎么也想不出什么好主意,就一起去求一位年高的贤士,希望贤士用他的智慧向太阳探询一下,究竟是什么妨碍太阳发光。

年高的贤士果然没让大臣们失望,他知道了太阳这样做的原因,告诉大臣说:

"太阳要寻个皇后,他想娶国王的女儿苏莱明公主,因为只有苏莱明公主才能做太阳的妻子。"

大臣们把贤士的话告诉了国王,国王认为太阳的要求太过分,连想都没想就拒绝了大臣们的提议。国王非常爱自己的女儿。大臣们再三劝奏,国王还是不同意让女儿嫁给太阳。国王还下令,任何人不得在他女儿面前提起这件事。宫中人知道苏莱明素来怜老惜贫,不想和公主分开,因此都听从国王的命令。

有一天,苏莱明公主和侍女到河边散步,路上遇到一个乞丐。乞丐向苏莱明公主讨钱,公主问乞丐:

"你这么年轻,为什么不去好好干活,要在这里当乞丐呢?"

乞丐不知道眼前这位美丽的姑娘是什么人,就说说道:

"姑娘难道还不知道吗?都是因为太阳要国王的女儿苏莱明公主做妻子,国王舍不得让女儿离开自己,就拒绝了太阳的要求。太阳说过,如果公主不嫁给他,他每天只给人们一点点的光和热。没有足够的光和热,我们每天的劳动根本不可能养活自己,所以只好出来当乞丐了。虽然我很不喜欢这个职业,可这也是没有办法的办法啊!"

苏莱明公主听了乞丐的话,心里十分难过。

"不会再这样下去了!"苏莱明公主大声说。

她回到宫中,立刻去见父王。父女争执了半天,国王还是丝毫不肯让步。他太爱女儿了。

从这时起,苏莱明公主就已决心想尽办法去帮助老百姓获得更多的阳光,过上幸福的日子,于是就想逃出去嫁给太阳,满足太阳的心愿。国王看出了女儿的心思,不允许她走出王宫的花园。

一天早上,苏莱明公主醒来,脸上呈现出从未有过的高兴神情,她亲自给父亲端去早饭,然后照常带着女伴们到皇家花园,在园中玩了一上午。快到中午的时候,公主和侍女们捉迷藏。苏莱明公主爬到一棵枝叶茂盛的大树顶上,接着有根牵牛花的藤也缠着树干绕上去了。奇怪!牵牛花的藤在苏莱明公主身上绕了几圈,然后长呀,长呀,把她送到天上去了!

从这天起,王宫里再也听不到公主那快乐的笑声了,也是从这天起,太阳每天用全力发光发热。人们有了足够的光和热,渐渐过上了幸福的生活。每当夜幕降临,漆黑的夜空中也多了一轮皎洁的明月,发出柔和的光芒,原来那是美丽的苏莱明公主的笑脸。

为什么太阳和月亮是分开的

很久很久以前,太阳和月亮一起生活在天国中。他们走出屋子的时候,就照亮了整个世界。那时候,月亮从不在晚上出来。

有一天,月亮正要给她的孩子洗澡。非常不幸的是,她的孩子一不小心从她房子地板上的一个大洞掉了下去,落到了地上。太阳是这孩子的父亲,他来到地面去找自己的孩子,幸好孩子安然无恙。于是,他就给孩子做了一个吊床,然后他轻轻地摇着床,直到孩子进入了梦乡。之后,太阳只身一人回到了天国。

孩子醒来之后,便开始找爸爸,可一直都没找到。他在身边那片大草地上徘徊着。这时他遇到了一只大黑猫。

黑猫对他说:"你骑上我的背,我会把你带到你妈妈月亮那儿去。"

"如果你不是猫而是一个人,我会知道该回答你些什么,"孩子说,"但是我连和你说话都感到有些害怕,我又怎么能相信你呢?"

"你不要害怕，"猫安慰他说，"是你妈妈派我来接你回家的。"

孩子同意了，猫便陪着他回到了天国，回到月亮身边。看到儿子回来了，月亮妈妈非常高兴。

一天，孩子问月亮："妈妈，我想玩藤球，你能为我做一个吗？"

"如果你保证只是在屋里玩，不跑出去，我就给你做一个，"妈妈回答道，"我担心你又要掉到地面上去。"

孩子答应母亲只在屋子里玩，可是他玩到高兴时，就把答应妈妈的话给忘了。他跑出屋子玩起藤球，玩得正高兴的时候，一不小心，藤球向地面掉去。孩子就飞一般地追了过去，同样也向地面落去。他不巧正好落入了巨人的家中。"啊哈！"巨人大叫一声，"今晚我可以大饱口福了，你就是我的晚餐！"

孩子害怕极了，他奋力一跳，跳出了窗户，逃出了魔掌。在回家的路上，他又路过风雨之神的房子。风雨之神问他要去哪儿，他就如实地告诉了风雨之神。

"好吧，"风雨之神对孩子说，"你沿着这条路就可以回家了。"说着他向东边指了指。

这条路通向启明星索罗莫波的家，孩子受到了启明星热烈的欢迎。启明星很喜欢这孩子，她特别想和这孩子好好聊一聊，因此和他聊了很长时间。最后孩子告诉她，他之所以来到地面上，是要把落到地上的藤球捡回去。启明星接着就告诉了他回去的路。

孩子终于回到了家，妈妈为了这件事狠狠地责备了他一顿。

几天后,孩子问月亮妈妈到太阳爸爸那儿的路该怎么走。此时,太阳和月亮已经不再住在一起了。妈妈告诉他路之后,他便起程了。太阳看到自己的孩子非常高兴,把他抱起来吻了又吻。孩子则趁机问了太阳很多的问题。

"为什么这些天你和妈妈不再住在一起?"孩子问。

"当你还很小的时候,"太阳回答道,"你妈妈给你洗澡,一不小心让你掉到了地面上。我们大吵了一架,从那以后就再也不生活在一起了。你能自己找到回家的路真是太好了。"

"但是现在我安然无恙地回来了,你和妈妈应该再住到一起啊。"孩子努力地劝太阳爸爸。

太阳摇了摇头,说道:"太晚了,现在已经决定,以后我将为白天提供光明,而你的月亮妈妈,则在夜晚给人们光明。"

孩子接着又问了太阳他俩当初那一架吵得多么厉害,得知太阳为孩子掉到地面的事责备了月亮,月亮为此非常生气。她把火球向太阳脸上砸去,所以现在太阳又红又热。与此同时,太阳也向月亮脸上扔了一片芋薯的叶子和一把梳子,直到今天,我们仍能看见月亮表面有芋薯叶子的形状。

而他们的孩子,眼看再也不能劝说父母言归于好,他便来到了地面,并且从此一直居住在那儿。他变成了一只昆虫,叫作科拉恩。每天黄昏太阳西下的时候,他就一直鸣叫,直到太阳完全落到地平线下。

创世纪的故事（一）

我们这个世界在最原始的时候只有大海和天空，没有大地。在大海与天空之间只有一只像鹰一样的大鸟。这只大鸟就在海天之间飞来飞去。有一天，大鸟厌倦了这种到处漂泊，没有着落的生活，于是它就用翅膀搅起海水，用爪子不停地扒水，让海水向天空飞溅。天空很害怕，因为如果大鸟不停地扒水，那么腥咸的海水就会溅到自己的胸脯上；如果大鸟把大海激怒了，那可能会变成一场灾难。它需要想一个办法让大鸟停止扒水，找一个地方筑巢。于是，天空把彩云变成石头，并不停地投下石头击打浪头，最终海水被迫不再溅向天空。接着天空命令大鸟在一块由石头堆成的陆地上筑巢，这样大海和天空重新恢复了平静。

过了一段时间以后，大鸟发现有一根竹子在海面上漂浮。大鸟以为这也是天空扔下来的，所以没有在意，可是这根竹子随着海浪不停地碰撞站在海滩上的大鸟的腿。大鸟很生气，它用长长的喙啄了一下这根竹子，只听轰的一声，从一节竹子中蹦出了一个男人和一个女人。紧接着大地又是一阵晃动,所有的鸟和鱼都跑出来看个究竟,它们商量之后,决定让这个男人和这个女人结婚。这对夫妇生了很多的孩子,随着孩子们慢慢地长大,这些孩子中又分出了各种不同的种族。

又过了一段时间,这对夫妇开始对这么多好吃懒做的孩子发愁了,他们希望能够摆脱这么多孩子所带来的烦恼,可是他们又没有地方去安置这些孩子。眼看着孩子越来越多,夫妇俩再也没有安宁的日子了。一天,父亲再也忍受不了,他开始打这些孩子。

孩子们都很害怕父亲,他们四处躲避,有的躲进房子里,有的躲到墙里,有的躲进了壁炉,还有的逃到了海上。

后来,那些躲进房子里的人变成了岛屿的主人,那些躲到墙里的人则变成了奴隶,那些躲进壁炉的人变成了黑人,而那些逃到海上的人在海上漂泊了很多年,最后他们的孩子们回到陆地上,变成了白人。

创世纪的故事（二）

在我们的世界被创造出来之前，帝瓦塔是至高无上的统治者。他和他的爱子帝莫瓦塔住在天上的宫殿中。有一天，帝莫瓦塔厌倦了这种一成不变的生活，他请求父亲为他另找一个居住地，帝瓦塔欣然同意了。他切下一块天空，把它送给了儿子，并且命令他最信任的臣子——相貌英俊、纯金塑身的巴拉格扛着这块天。而后，这三人为了给帝莫瓦塔找一个新的居住地开始了他们漫长的旅途。在经历了无数波折之后，他们终于发现了一个理想的地方。帝瓦塔把那块天空放在那里，并且把那儿命名为"班瓦"（在素巴农族的语言中意为"世界"）。他将一个太阳挂在天上，用来照亮帝莫瓦塔的新家。而后，他又在班瓦上画了一个圆圈，在圈内他令广袤的大地显现出来，而在圈外则注满了水。接着，他将陆地用许多美丽的植被覆盖起来，并在其中创造了各种各样的动物。他把这个美轮美奂的地方称作"朗歌娜扬"。在完成了这一切之后，帝瓦塔回到了天上的居所；而他的爱子帝莫瓦塔则在朗歌娜扬开始了新的生活,巴拉格则奉命在此陪伴他。

帝莫瓦塔在他的新家里无忧无虑,快活无比。他在精美绝伦的花园里漫步,和动物们嬉戏玩耍,直到他感到疲惫不堪,但他却无法入睡,因为阳光是如此耀眼。于是在他的命令下,巴拉格来到天上,请求帝瓦塔将阳光熄灭,以便帝莫瓦塔能够好好休息。帝瓦塔同意了这个请求。黑暗顿时笼罩了整个朗歌娜扬,夜晚就这样来到了。

当帝莫瓦塔醒来时,周围依旧一片漆黑。于是,他命令巴拉格去请求父亲给他一把火炬。帝瓦塔爱子心切,他将上千把火炬散落在天空,它们随即变成了满天繁星。但是帝莫瓦塔觉得星星的光芒还是不够亮,于是,他又命令巴拉格去请求父亲给他一把大一些的火炬。这一次,帝瓦塔送给儿子一轮明月,用来照亮夜晚的世界。这件礼物令帝莫瓦塔和他的动物伙伴们欢呼雀跃。他们在皎洁的月光下追逐嬉戏,尽情享受这美丽的夜色。

但没过多久,问题又出现了。动物们总是喜欢在夜晚玩耍,它们的吵闹声令帝莫瓦塔没法休息。于是,他又命令巴拉格去向父亲汇报此事。帝瓦塔考虑之后决定,每晚将月亮慢慢地拖走,这样帝莫瓦塔就容易入睡了。

帝莫瓦塔已经得到了他想要的每一样东西,但这些并不能排解他心中的寂寞,因为他的玩伴只有动物。他是多么渴望有人来陪伴他啊!但巴拉格可不愿意和他玩儿,所以他只好让巴拉格去向他的父亲倾诉他的烦恼。

巴拉格飞到天上,向帝瓦塔转达了帝莫瓦塔的心愿。帝瓦塔于是命令巴拉格从天宫中找来一些石块儿,并将它们放在一只金罐子里。巴拉格带着这只罐子回到朗歌娜扬,把它交给了帝莫瓦塔。帝莫瓦塔将罐中的石头倒在地上,它们中小个儿的变成了精灵和小矮人,大个儿的则变成了巨人。这些新生命为帝莫瓦塔带来了许多快乐。他和巨人们赛跑,在精灵和小矮人们的歌声和舞蹈中消磨时光。

但此时,巴拉格嫉妒了。他憎恨帝莫瓦塔像对待奴隶一样地待他。要知道,在天宫中他可是帝瓦塔最宠爱、最信任的臣子啊!于是他决心杀死帝莫瓦塔。他知道在天宫的一只金箱子中存有一把金子铸成的剑,被称作"阿利司",它是唯一可以杀死帝莫瓦塔的东西。

巴拉格召集了所有的巨人、小矮人和精灵,他告诉它们他才是帝瓦塔真正的儿子,因为只有他能够飞到天宫去,而帝莫瓦塔却不能。这些善良的生灵相信了他的话。于是,它们在巴拉格的煽动下很快制订出一个秘密的谋杀计划。首先,由巨人和小矮人们向帝莫瓦塔发起挑战,让他飞上天宫以证明他的神力。无奈之下,帝莫瓦塔只好命令巴拉格去请求父亲允许他飞到天上。巴拉格暗中颇为得意,他的阴谋得逞了。他于是急忙飞上了天庭,趁着帝瓦塔在金吊床上小憩的机会,从金箱子中偷走了阿利司,而后又匆匆忙忙地返回到地面。

当巴拉格到达朗歌娜扬时，他发现帝莫瓦塔正在一棵枝叶繁茂的大树下熟睡。他拔出金剑向帝莫瓦塔刺去。而正在此时，从天庭中传来了阵阵怒吼，紧接着一个大火球从天而降，击中了巴拉格。巴拉格躺倒在地，痛苦地扭动着被火烧着的身体，金剑阿利司随即飞回了天宫。当大火最终熄灭时，巴拉格的身体早已变成了炭黑色。他还活着，但再也站不起来了，他失去了双脚和双手，帝瓦塔命令他生活在水中。巴拉格这位曾经英姿勃发、不可一世的大臣一下子变成了一个丑陋卑贱的生灵。他慢慢地爬入水中，这里是他的新家，他成了世界上第一条鳗鱼。

愤怒的帝瓦塔将巴拉格的所有同谋全都逐出了朗歌娜扬。整个大地一下变得无比寂静，只有帝莫瓦塔形单影只地在树林中徘徊。

帝莫瓦塔恳求他的父亲再为他造一个伴侣，并且这个伴侣应当与他是同类。他对父亲发誓说，如果他这次再闯祸的话，他就会返回天宫居住。帝瓦塔思考了片刻之后，决定再给儿子一次机会。他取来一块泥巴，照着帝莫瓦塔的模样捏了起来。他花了七天时间才完成这件作品。但不幸的是，这个泥塑在阳光的暴晒下裂开了。帝瓦塔只好将它拿到河边，把它从头到脚洒上水。结果，泥人一下子沿着原来的裂缝一分为二，变成了两个一模一样的生命。他们就是世界上最初的人类，帝瓦塔将他们分别叫作"雷"和"蕾班"。

帝瓦塔告诫他的儿子让雷和蕾班远离河水。一旦他们违反禁令,灾难将降临到他们头上。为此,帝瓦塔特意在河边种了一棵与众不同的树,他称之为"邦加",也就是我们所说的槟榔树。这棵树有着金黄色的果实,它对于雷和蕾班来说是禁地的标志。而后,帝瓦塔又给了儿子一面锣,他在需要帮助的时候只要敲响这面锣就可以了。在交代完这些事之后,帝瓦塔飞回了天宫。

帝莫瓦塔的生活再次充满了快乐,雷和蕾班也过得十分惬意。他们在花园中玩耍,享用最可口的水果,和动物们赛跑,和鸟儿们一起歌唱。但是有一天,雷和蕾班无意中闯入了禁地。这里异常寂静,看不到任何生灵。忽然,他们听到有个声音在叫他们的名字。蕾班循着声音一直来到河边,看到河水像水晶一样清亮透明。她将手指伸到水中,感到非常清爽,于是她让雷也试一试。正当他们两个开心地戏水时,一个微弱的声音从水中传来,紧接着一条巨大的鳗鱼出现在他们面前。这就是巴拉格。他扭动着身体,于是河水像喷泉一样涌了起来,令雷和蕾班钦佩不已。巴拉格又让他们两人向水中看。蕾班惊讶地发现了她的倒影,她高兴极了,这是她生平第一次看到自己的模样。巴拉格见状心中窃喜,他告诉蕾班,如果她肯服从他的旨意的话,她就能够变成一个迷人的女人。巴拉格让蕾班喝一口河水。但就在此时,雷看到了河边的邦加树,这令他突然想起了帝莫瓦塔的告诫,于是他毫不犹豫地将蕾班从水边拽走,带着她逃离了禁地。

雷和蕾班将他俩在禁地经历的事情告诉了帝莫瓦塔,后者再次警告他们要远离那条河。雷和蕾班意识到了事情的严重性,他们对帝莫瓦塔发誓再也不会进入禁地。就这样,他们又相安无事地过了一段时间,谁也没有再提起这次小变故,好像它从来就没有发生过一样。

但是在一个晴朗的日子里,蕾班忽然想起了凉爽宜人的河水。她恳求雷和她一同去河边,但是雷拒绝了。随后,雷发现蕾班不见了,他开始担心起来,于是出发去寻找她。

蕾班来到了河边,她迫不及待地欣赏自己在水中的倒影。这时,巴拉格又从水中冒了出来,他热情地向蕾班打招呼,并且向她保证,如果她肯喝一口这河水的话,她就会变得非常美丽。蕾班感到很为难,她告诉巴拉格她曾对帝莫瓦塔发过誓,而巴拉格则安慰她说他可以给她一份舒适美好的生活,但帝莫瓦塔却不能。接着,巴拉格又施展出他的十八般武艺,在水中上蹿下跳,不停地摆动尾巴,于是河水也随着他的摆动而跳起舞来。蕾班顿时被舞动的水柱所包围,她是如此地惊喜。终于,她再也经受不住这美丽的诱惑,缓缓地将双手捧成杯状,用它来接住散落的水珠。她注视着手中清澈的河水,而后一点一点地喝起来。转眼之间,她的身体变了。她的胸部凸起了,头发长了,遮住了前胸。蕾班变成了一个完完全全的女人。

很快,雷来到了这里。他很惊讶地发现蕾班变了模样。蕾班用手捧着一汪河水走到雷身边,要他喝下,但是雷拒绝了。巴拉格向雷发誓让他变成一个彻头彻尾的男人。蕾班也将那捧河水送到雷嘴边,再次要求他喝下。雷终于张开嘴,一口将河水饮下。顿时,浓重的汗毛出现在他的身体上,肌肉也变得发达起来,雷变成了一个真正的男人,巴拉格高兴地叫起来。

随后,巴拉格将蕾班的美貌呈现给雷。雷注视着他眼前的这个女人,简直着迷了。他的心中涌起了一种莫名的喜悦,一种他从未体验过的感情。

就在这时,他们两人听到了帝莫瓦塔在大声呼喊他们的名字。雷和蕾班吓得浑身发抖,但巴拉格却安慰他们说不会有事。他将他们一口吞下,藏在腹中。帝莫瓦塔来到河边,要求巴拉格放了雷和蕾班,但巴拉格拒绝,于是一场恶战不可避免地爆发了。随着这两人的战斗愈演愈烈,河水不住地涌上岸,引发了空前的洪灾。脚下的大地因之而颤抖,树木也被连根拔起,原本连成一片的土地变得四分五裂。这些裂块漂到各地,形成了大小不等、形状不一的岛屿,唯一幸存下来的树是河边那株邦加。曾经那么美丽的朗歌娜扬已不复存在。巴拉格仍不投降,战斗还在继续。

帝瓦塔听到了地面上巨大的吵闹声,于是下来看个究竟。他命令巴拉格和帝莫瓦塔停止战斗,并要求巴拉格将雷和蕾班放出来。巴拉格犹犹豫豫,不肯答应。于是帝瓦塔抽出他的闪电棒,用尽全力向巴拉格打去。巴拉格尖叫着屈服了,他从嘴中吐出雷和蕾班,这两人全身赤裸地出现在帝瓦塔面前。帝瓦塔向他们怒吼道:"从今以后,你们将永远居住在河边,你们将在悲哀、病痛、饥饿和苦难中过活。最重要的是,你们将不再长生不老。"

巴拉格高兴了,现在已被帝瓦塔抛弃的雷和蕾班成了他的战利品。帝莫瓦塔乞求他的父亲发发慈悲,再给他的第一个男人和女人一次机会,他发誓将在天宫陪伴父亲。帝瓦塔在儿子的乞求面前心软了,他又赐予雷和蕾班一次机会,如果他们两人能够规规矩矩地生活,就会得到他的原谅,但如果他们再次犯错,则将沦入邪恶的巴拉格的王国。听到这些之后,巴拉格偷偷地溜进水中。

就这样,雷和蕾班被留在岸边。这里是他们的新家。正如帝瓦塔所预言的那样,他们感到了以前从未经历过的阵阵饥饿,蕾班伤心地哭了。雷四处寻找食物,但这里在经历了洪水的浩劫之后已是不毛之地,只有那株邦加树孤零零地矗立在岸边。他从树上摘了一些邦加果,将皮剥开,尝了尝里面的果仁,发现味道又苦又涩。他又摘了一些邦加叶,与果实一起嚼起来。叶子刺激的味道遮盖了果仁的苦涩。于是他又多摘了一些带给蕾班吃,槟榔成为他们在新家所吃的第一餐。

创世纪的故事（三）

最初地球上没有人类，鲁玛维大神下界后砍了很多芦苇。他将这些芦苇成对放在世界不同的地方，对他们说："你必须说话。"芦苇立刻变成了人类，每个地方都有一对能够说话的男人和女人，但是每对的语言都不同。

鲁玛维要求每一对男女结婚，他们做到了。他们逐渐有了很多孩子，所有小孩说的都是和父母一样的语言。随后这些孩子结婚生子。如此地球上就有了很多的人。

鲁玛维发现地球上的人类需要一些技能，所以他就开始传授给人们。他创造了盐，教会一个地方的人熬煮盐并卖给周围的人。但这些人没有理解大神的指导，第二次大神去见他们，他们还没有熬出盐。

大神拿走了造盐技术，教给了住在麻逸尼特的人们。他们按照神的指引操作，因此大神说他们是盐的所有者，其他人必须向他们买盐。

　　鲁玛维找到住在邦多克的人们,教他们制作陶器和锅具。他们得到黏土,但是他们不懂浇铸,罐子没有成型。因为他们失败了,鲁玛维说他们只能买罐子,又将瓷器制造技术传授给住在萨摩吉的人们。他告诉那里的人们要做什么,他们就按照他说的做,他们的罐子匀称、漂亮。大神明白他们适合拥有这个技术,他告诉他们要制作很多罐子出售。

　　鲁玛维就是用这种方式教导人们,并为他们带来了现有的一切。

大洪水的故事

按照比萨扬人的说法，很久以前，由于地球上的人口越来越多，生活变得越来越丰富，人们再也不敬仰神灵了，此后便发生了大洪水。

事情是这样的：那时候是卡布坦神创造了人类的祖先，第一个男人和第一个女人，也就是希卡拉克和希卡巴伊。当时卡布坦和妻子女神玛古扬吵了一架，玛古扬便离开了家。在天国的卡布坦非常孤独，于是就创造了人。第一对人生养了许多后代，地球上到处都有了人烟。卡布坦对此十分高兴。这样，卡布坦就有了许多事要做，通过管理人类，以前不快的记忆也被抛到了脑后。渐渐地，他的孤独感也消失了。

于是他赐福给人类，恩赐人类的子孙巨大的财富，并恩赐人们好的收成，让他们想要的所有东西都能容易地得到。人们无须辛勤劳作就可以得到一切。家庭主妇们只要每晚把空篮子放在门口，第二天早晨，每个篮子里就会装满了食物。

卡布坦巡视了这片美丽富饶的土地,山谷和平原都沐浴在清晨金黄色的阳光中。"这片幸福的大地,"他说,"它是天国的延伸,我所拥有的东西这儿也都会有。天堂的舒适和安乐不再只是神灵的特权,所有的人都能分享。"

但是,随着时光流逝,人类开始忽视他们对神灵所要尽的义务,他们把对神灵的诺言当成耳边风。他们对神灵随意许诺,并且经常不履行祭祀神灵的义务。尽管大祭司巴乌巴瓦一再告诫,他们依然拒绝敬仰神灵,他们甚至任凭通往神庙的道路变得破烂不堪也不去维修。

人类的这种蔑视和背约的行为激怒了众神。一天,当卡布坦不在的时候,众神聚到一起开了一个会。平原和山谷之神马克利姆·沙特万非常愤怒地说:"你们都已经看到了人类是如此地不尊重我们!他们对自己的职责漠然视之,他们侵占去往神庙的道路,他们拒绝提供祭品。最重要的,他们居然公然违抗我们的意愿。卡布坦却无视这一切,还在赐予他们财富,这是多么愚蠢啊!"

"人类必须受到惩罚!"

"我们最好等卡布坦回来再决定吧!"一个神提议道。

"他太忙了,"马克利姆·沙特万说,"还是让我们来教训教训人类吧!"

结果,惩罚人类的决议被通过了。火神提议在地球上放大火以示惩罚,但是海神害怕大火的高温会伤害到海中的鱼类,他坚决反对这个提议,这个计划就搁浅了。

最终,河流之神提议在全世界发大洪水来惩罚不听话的人类。"至少,"他说,"这不会伤害到海里、河里和湖泊中的鱼虾。"大家都觉得这个主意不错,就同意了在地球上发大洪水。

此时,房屋守护女神正在隔壁房间的墙边偷听。她听到这个可怕的消息后,立即来到了地面警告大祭司巴乌巴瓦,他是姆若布若村的首领,勇猛而和善。这个繁荣的村落就在班乃岛的加拉乌河南岸。

女神告诉大祭司到最高的山峰上去,并且造一个木筏。大祭司听从了女神的告诫。

果然,海神在湖泊之神的帮助下,说服了风暴之神来帮助他们惩罚人类。

惩罚的那一天终于来到了。河流之神开始行动,他把所有河流的河口都堵上了;海神则把海洋的大门打开,让海水向陆地倒灌;以同样的方式,湖泊之神让湖水向四周溢出;风暴之神使地面上狂风大作,天空中乌云密布,暴风雨席卷了整个大地。

人们惊慌失措,四处逃散,但为时已晚。树木房屋,凡是狂风经过的地方,一切东西都被风卷走;巨浪从大海冲向内陆,河水回流倒灌,湖泊湖水溢出。大地在颤抖!凹地很快就成了海洋,到处都是被淹死的人和动物!

当大水涨到山顶时,巴乌巴瓦把自己和所有家人绑在木筏上,木筏随波四处漂流。狂风暴雨持续了几天几夜。一天,他们终于发现木筏不再漂动了,天空也晴朗了,太阳出来了,洪水渐渐退去。一切恢复常态而不再有危险以后,巴乌巴瓦把自己从木筏上解开,然后解开他的妻子以及其他家人。他们把木筏烧了,祭祀天上的神灵。他们开垦土地,辛勤劳作,生儿育女,人类得以繁衍生息。

洪 水 故 事

从前,世界是平坦的,没有山岳。有一对兄弟是大神鲁玛维的儿子。这对兄弟喜欢打猎,因为还没有形成山岳,就没有抓野猪和野鹿的好地方。哥哥说:

"我们把世界用洪水淹没,山岳就会升起来。"

于是他们让水淹没了所有土地,把一个城镇当作陷阱。当察看陷阱时,这对兄弟很高兴,他们不仅抓住了很多野猪和野鹿,还抓到了很多人。

鲁玛维在天上视察人间时,看到他的儿子让人间发了洪水,世界上只剩一个地方没有淹没。他发现世界上其他的人都淹死了,只剩下在伯吉斯的一对男女。

鲁玛维下到人间,把男孩和女孩叫到跟前,说:"噢,你们还活着。"

"是的,"男孩回答,"我们还活着,但是我们很冷。"

鲁玛维于是命令狗和鹿为男孩和女孩找火取暖。狗和鹿很快游走了。鲁玛维等了很久，它们没有回来，男孩和女孩越来越冷。

最后鲁玛维自己去追狗和鹿，追上后说：

"你们怎么这么长时间没有带火回到伯吉斯？我看着你们，准备好立刻过来，男孩和女孩非常冷。"

狗和鹿带着火开始游，但是没游几步火就熄灭了。

鲁玛维命令它们再去取，但是鹿带的火再一次被洪水浇灭了。狗带的火快要熄灭时，鲁玛维飞快地取走了。

鲁玛维到了伯吉斯后，点起了大火，温暖了男孩和女孩。水退下去了，世界又如从前一样，山岳出现了。男孩和女孩结婚生子，地球上又有了很多人。

马加特河的传说

很久以前，在一个叫巴约姆彼的小镇上住着一个高大英俊的年轻人，名叫马加特。他既年轻，又强壮，跑得像鹿一样快，又能轻松地把犍牛摔倒在地。他有钢铁一般的意志，做事顽强不屈，同时，他也是一个和蔼可亲、彬彬有礼的人。除了少数人嫉妒他的力量外，全镇其他人都很喜欢他、尊敬他。他喜欢过野外生活，经常在小镇旁的大森林中漫游。

一天他出门探险，走得比平常远得多。夜幕降临的时候他还离家很远，于是他点起了一堆篝火，和衣躺在火堆旁，很快就睡着了。

第二天大清早，他又继续探险，最后他走到了一条河旁边。他从来没见过这么宽大的河，当他拨开面前密密麻麻的茅草丛，河对岸的美景立即映入眼帘。在对岸一棵茂密的大树下面，一位非常美丽的少女正在洗澡。马加特从来没见过这么美丽的姑娘，他对她一见钟情。

马加特藏在草丛中，偷偷地看着这位美丽的姑娘。忽然，他注意到伸向水面的树杈上有什么东西在动。他定睛一看，原来是一条大蟒蛇在树枝上盘绕着，正要向那姑娘扑去。马加特跳了起来，后退两步，右手举起锋利的矛枪。这些响动惊动了姑娘，她转过身来，看见马加特正举着矛，以为马加特要向她攻击，立即潜入水中。与此同时，巨蟒从树上扑了下来。马加特手中的矛飞了出去，正好击中了蟒蛇的额头。

然后，马加特来到河中，把姑娘抱到了岸边。尽管她在挣扎，但并没有尖叫，她试图用长发遮住身体。

马加特指了指地上奄奄一息的巨蟒，它正在痛苦地打滚。那姑娘顺着他手指的方向看去，本能地叫了一声，她又看了看马加特，他正用强壮的臂膀保护着她，她美丽的脸上立刻充满了敬意和谢意。

马加特拾起了已折断的矛，回到了姑娘身边，他俩便一起到森林中漫步。他们彼此已经相互吸引，心心相印。马加特请求姑娘嫁给他，她同意了，但是她要求马加特以卡布坦神的名义保证绝对不在正午的时候看她。

马加特把她带回了家，给她收拾了一间舒适的屋子，他们快乐地生活在一起。但随着时间的流逝，马加特的好奇心越来越强，最后他决定一定要看一看每天正午自己的妻子到底是什么样子。

一天正午，他把诺言抛在脑后，闯进妻子单独住的那间屋子。

他向妻子铺着树叶和茅草的床看去时,不禁打了一个冷战——一只大鳄鱼正躺在床上!他以为妻子已惨遭不测,转身冲进厨房,随手拿起一把菜刀,又跑回妻子的房间,举起刀就砍,一直到他看到床上的鳄鱼又变成他的妻子。这时,她已经奄奄一息了。

"你没有遵守自己的诺言。我再也不能⋯⋯再也不能和你生活下去了⋯⋯我就要死了。"妻子抽泣着说。她慢慢地合上了眼睛。她全身美丽光洁的皮肤变成了鳞片。马加特眼睁睁地看着她的尸体变成了鳄鱼。他违背了以卡布坦神的名义而许下的诺言,受到了如此的惩罚。

马加特非常悲伤,把死去的鳄鱼埋在前院。他悲痛得心都要碎了;十分后悔自己没有忠于自己的诺言,害死了妻子。他跳入了那条曾带给他一个美丽可爱而又薄命的爱人的河,他的悔恨和悲伤也永远地留在了那滔滔的河水之中。时光飞逝,这条河就成了今天汹涌澎湃的马加特河。

玛比娜泉的由来

从前,有一位名叫玛比娜的年轻女郎,长得如花似玉,有着黑黑的皮肤和又长又密的头发。她是掌管那个地方所有生灵的仙女。不过,她一个人过着孤单的生活,从未体验过人类的爱情。

雅波南王子住在一个现名为巴多的镇子里。他年轻英俊,有着一身黝黑的皮肤,身材高大。他善于搭弓射箭,而且百发百中。

一天,雅波南离开了他的村庄,去追一只大野鸟。虽然他向鸟儿射了很多箭,却生平第一次没射中目标。作为一名优秀的猎手,他向来不肯轻易放弃自己的猎物,所以紧追在鸟儿后面,一直追了三天三夜,终于在纳曼扬河的河边捉住了它。纳曼扬河流过他的村庄和玛比娜住的地方。

当他要把鸟杀死的时候,他听到树林里传出一个清脆的声音:"住手!"王子十分惊奇,因为他的父亲是一位威震四方的国王,从来没有人敢这样命令他。雅波南王子抬头一看,发现一个女人站在离他不远的地方,双眼愤怒地盯着他。

雅波南停了手,非常礼貌地向那个女人鞠了个躬,问道:"请问您是谁?"

"我叫玛比娜,是这个地方的统治者。这只鸟是我最喜欢的奴仆之一。"

雅波南走近那个女人。呀!如此美貌的女郎他还是第一次见到!他立刻爱上了她。从那以后,他经常去看玛比娜,满腔热情地追求她,希望她能成为他的妻子。

玛比娜先是拒绝他的追求,但到最后,年轻人的坚持不懈终于打动了她的心。就像水持续不断地滴在岩石上,只要不停,最终会把石头滴穿一样,玛比娜爱上了雅波南。两个人在树林里住了下来,开始了幸福的生活。

有一天,雅波南得知父亲生了重病,就急急忙忙告别玛比娜,赶回了王宫。玛比娜在树林里焦急地等待着王子的归来,可是时间渐渐地过去,一天又一天,一个星期又一个星期,一个月又一个月,一年又一年,仍然不见王子的身影。

身在王宫的雅波南王子也盼望早日和玛比娜团聚,可是国王的病拖了很长时间,王子一直没有找到合适的机会告诉父亲关于玛比娜的事情,只能默默地帮助国王处理各种政务,希望父亲早日康复。

"雅波南,这是我要你办的最后一件事情。邻国的国王有一个名叫萝扬的漂亮女儿。那个国王是我的朋友,我们起过誓要让自己的子女结成夫妻。孩子,如果你是真的爱你的父亲,就不能让他违背誓言。"临终前,国王向王子提出了最后一个要求。

父亲的嘱托使王子陷入了深深的痛苦之中,他多么舍不得美丽的玛比娜呀。可是,在深思熟虑之后,雅波南觉得履行父亲的诺言更为重要。于是他拜访了萝扬,温柔的萝扬使他忘了玛比娜。

在森林里,玛比娜日夜思念着雅波南。但许多年过去了,雅波南还是没回来。她经常去他们相会的地方,在那儿他们曾发誓永不分离。不久,玛比娜病了,她一遍遍地叹息着说:"雅波南,难道你忘了你的誓言吗?"

当她再也不能忍受这种痛苦时,她请求上帝把她的生命带走。上帝同情她,实现了她的愿望。玛比娜知道了雅波南和萝扬即将举行婚礼的消息,但她心中仍盼着能在死之前见他最后一面。风儿把她的心愿带到了雅波南的耳旁。

雅波南听到玛比娜垂危的消息后发狂地向森林跑去,一边跑,一边喊:"玛比娜,你在哪儿? 我回来啦!"

"我在这儿。"一个微弱的声音答道。

当雅波南看到玛比娜的时候,玛比娜已经奄奄一息了。他眼里含着泪说:"原谅我,玛比娜。我仍然爱你,但我却无法兑现我的誓言。"玛比娜泪眼蒙眬地答道:"我原谅你,雅波南,原谅你。"

雅波南在他们相会的地方掘了个墓穴,玛比娜就在里面安息了。

第二天,一股清澈的泉水从玛比娜的墓中涌了出来,那是玛比娜晶莹的泪水,直到今天,还在不断流淌着。这就是美丽的玛比娜泉的由来。

达克达克瀑布的传说

达克达克瀑布是菲律宾最出名的瀑布,它被称为菲律宾的尼亚加拉。每年四月到六月,全国各地的游客都到这里来观赏瀑布的美丽景色。虽然达克达克瀑布在菲律宾这么出名,但是关于这个瀑布的传说却很少有人知道。达克达克瀑布附近的人们世代传诵着这个美丽的传说。

很久以前,当菲律宾还是万顷碧波中的一个很少与外界交流的岛屿的时候,在岛上的一个小国中有一个受人爱戴的国王,他叫卡里卡桑,意思就是"大自然"。他有个十分美丽的女儿,名字叫黎明。正所谓人如其名,黎明公主的美貌恰似每天第一缕破晓的晨光,她那甜美的微笑好像是盛开的花朵,每一个以美貌为荣的女孩子都因为和黎明公主同生在一个时代而感到悲哀。赞叹公主美貌的话语传遍了世界上每一个角落,不仅人世间无数富有、高贵的王子王孙都来向公主求婚,就连掌管世间万物的神灵也竞相向公主献殷勤。湖神玛拉凌、河神拉安、山神巴纳戈和天神的儿子希卡每天都要到公主的宫殿里显示自己拥有的财富,向她表达爱慕之情。每个人都希望黎明公主能够被自己的诚心打动而垂青于自己。可是公主对每个人都回以动人的微笑和一句相同的话语:"你们对我都那么好,我都无法在你们当中做出一个选择。"

过了不久,国王在王宫里举行一个盛大的宴会为黎明公主庆祝生日。公主的追求者们利用这个机会大显身手:河神拉安带来了各种各样的鱼;山神巴纳戈背来了无数新鲜的水果,还献上了一个金王冠;湖神玛拉凌捧来了一个用最美的贝壳做成的酒杯;天神的儿子希卡什么都没有准备,他说自己只带着一颗真诚的心来向公主祝福。在所有这些礼物中,最让公主动心的是山神巴纳戈献上的金王冠。当看到这个王冠时,她把其他所有人的礼物全都抛在了脑后,她一边仔细地摆弄着那个金灿灿的王冠,一边高兴地和巴纳戈说话。在生日宴会快要结束的时候,公主宣布她选择巴纳戈作为自己的心上人。公主的这个决定使其他参加宴会的追求者无比地失望,他们都带着痛苦的心情离开了王宫。河神拉安在离开的时候说自己一定要加以报复,可是沉浸在幸福之中的黎明公主丝毫都没有在意,只是微微地笑了一下。

从那以后,每天早上,黎明公主都要戴着王冠到河边去走一走,对着平静的河水照一照自己戴着王冠的样子。可是有一天,正当黎明公主对着河水照镜子的时候,一阵大风把公主头上的王冠吹到了河里,公主急得哭了起来。过了一会儿,公主听到了河神拉安得意的笑声："我说过的,我一定会报复你的。"河神对公主说道,"你最喜欢的王冠已经掉到我的地盘里了,除非你嫁给我,否则你别想找回它。"

"我才不会嫁给你,"黎明公主恨恨地对河神说,"我一定会找回王冠的,哪怕把你这条河掀个底朝天。"

公主急急忙忙地往家里赶。当她回到家时,她看到天神的儿子希卡正在家里等她。希卡听了公主的话,十分自信地答应公主帮她找回王冠,不过希望在找回王冠以后,公主能够嫁给他。公主此刻已对河神拉安的戏弄和要挟恨之入骨,为了找回心爱的王冠,公主毫不犹豫地答应了希卡的条件。希卡一听公主答应了,就立刻拉着公主在神的面前发誓将遵守自己的诺言。

希卡无比欣喜地离开了公主的王宫,一想到公主即将成为自己的人了,希卡的心情简直难以平静。希卡心想:找回公主的王冠还不是小事一桩?只要我用上我父亲——天神巴哈拉——赋予我的神力,就没有办不到的事情,实在不行,我还可以叫我的弟兄们帮忙,公主一定是我的了。

希卡走了以后,公主一个人坐在窗前等着他的好消息。可是希卡没有这么快就带来好消息,倒是山神巴纳戈先来到了公主的宫殿。他是来迎娶公主的,可是公主说自己已经不能嫁给他了,因为她只答应选择巴纳戈作为心上人,并没有答应嫁给他。而且公主还告诉巴纳戈,自己已经答应嫁给希卡,还在神的面前发了誓。

巴纳戈听了公主的话,脸上出现了暴怒的神色。他知道公主发了誓以后一切都不可能挽回了,于是他向公主要回王冠。

"噢,亲爱的公主,你辜负了我对你的信任和爱。"巴纳戈说,"好吧,我只想要回我的王冠。"

"真对不起,我把你的王冠弄丢了。我已经叫希卡去找它,等他找回来以后,我马上派人给你送去。"

"不行,你必须现在还给我,否则你就必须嫁给我。"巴纳戈丝毫都不肯让步。

正当黎明公主和巴纳戈争吵不休的时候,希卡带着几个非常能干的仆人出现在公主的身边。"有我父亲巴哈拉的帮助,我一定会找回王冠还给你,希望你能给我几天时间。"

巴纳戈一见希卡来到了公主的身边,知道再和公主争执下去也没用,但他又不愿就这样轻易地放弃自己心爱的人,于是他对希卡说:

"好吧,看在你父亲的面子上,我给你七天时间,七天以后我再回来。如果到那时我还见不到我的王冠,我就会带走黎明公主,并把她扣做人质,直到你还给我王冠的时候,我才会放了她,也就是说只有你找到王冠,你才能和公主生活在一起。"

山神巴纳戈说完这些话就不见了。

希卡见到自己心爱的人,心中有无数的话想跟她说,可是山神已经下了最后通牒,最重要的事就是赶快去找丢失的王冠,这样自己才能和公主永远相伴。于是希卡匆匆告别了公主，带着仆人们寻找王冠去了。

时间一天一天过去了，可是王冠丝毫不见踪影。直到第七天，希卡的仆人才找到河神拉安。拉安告诉希卡说，他根本就不想戏弄黎明公主，所以他也没把王冠藏到别的什么地方，王冠就在原来掉下去的地方。希卡请拉安帮忙，可是拉安装作什么都没听见，一声不响就走了。希卡命令仆人们到王冠掉下去的地方去找，如果河底没有就往河床下面挖，一直挖到找到王冠为止。然后希卡自己去见黎明公主，希望巴纳戈能在带走公主之前把最后期限再宽限几天。

当希卡赶到公主的宫殿时，呈现在他面前的是一片破砖断瓦。山神已经带走了黎明公主，并且毁掉了公主的宫殿。希卡忍着失去心上人的愤怒回去找河神，希望他能够帮助自己找回王冠，然后再用王冠去换回公主。可是当回到河边的时候，希卡发现河神已经不见踪影了，不知躲到什么地方去了。盛怒之下，希卡命令仆人挖了一个很大很大的坑，将河流拦腰截断，让水都流到坑里去，形成了我们今天看到的达克达克瀑布。希卡发誓在没有找到王冠换回公主之前，他不会让河流恢复原状，不会让这个瀑布消失。

海水为什么是咸的

很久以前，在比萨扬海中部的一个孤零零的小岛上居住着一个自私的老太婆，除了金子，她对其他任何事物都不感兴趣。她对金子是如此着迷，以至于她住的房子、睡的床、吃饭时用的盘子，都是用金子做成的。

这个老太婆居住的小岛岩石遍地，土地贫瘠。为什么她会如此富有呢？这是因为世界上唯一能制盐的洞就在这个岛上，而且仅属于她。

这个叫莎达雅的老太婆是如此自私，如果不用金子来交换，她是绝对不会拿出一粒盐来的。那时候，所有的海水都是淡的，所以人们不管远近都得到她的岛上来换取那珍贵的盐，很多人还因为无力支付莎达雅所要的金子最终空手而回。毫无疑问，没多久，莎达雅就十分富有了。

拥有那么多的财富，莎达雅并不满意，因为自从她那以捕鱼为生的丈夫几年前在暴风雨中丧生后，她就孤孤单单地生活在小岛上,好在她丈夫留给她一个美丽的女儿,名叫阿妮娜。

随着时间的流逝,小女孩逐渐长成一位美貌的少女。她与时常出没于小岛的海神和精灵为伴。与她母亲截然不同的是,阿妮娜十分美丽动人,慷慨大方。每天清晨听到她优美柔和的歌声的小鸟们、岛上受过她轻轻抚摸的花朵们,都不由自主地爱上了她。

一天早上,阿妮娜在离她母亲的房子不远的海边洗澡,一个过路的皮肤黝黑的青年偶然间看见了她。他是马拉·沙杜比,海神的大儿子。尽管那只是短短的一瞬,他们四目相对,马拉·沙杜比已深深地爱上了阿妮娜。年轻的海神之子向阿妮娜靠近,可她却转身飞也似的跑回屋里去了。

马拉·沙杜比回到了海底——他父亲的王国,除了美丽的阿妮娜,他就再也不想别的事情。他是如此渴望再次见到阿妮娜,怀念那漂浮在波浪上的黑发和在海水中闪闪发亮的牛奶般柔嫩光滑的肌肤。他朝思暮想,一心渴望着得到她。

他化装成普通的年轻人,常常去探望阿妮娜。不久,他就表白了他对阿妮娜至死不渝的爱情,但莎达雅十分看不起这位皮肤黝黑的求婚者。她宣称,只有最富有的王子才能够娶她的女儿为妻。

当马拉·沙杜比向阿妮娜求婚时,那傲慢的老太婆不屑一顾地回答说:"你的爱永远不能使我的女儿幸福,除了满身腥味,你什么也没有。不过,如果你在明天黎明之前,给我运来一百艘满载金子的船,我也许会考虑你的请求。"

听到这些话,马拉·沙杜比充满痛苦的心感到了一丝希望。回到他父亲的王国后,马拉·沙杜比把莎达雅的话告诉了他的父亲。

"放心吧,我的孩子,我们也许能在一两个星期内满足她的要求。"海神拉沃普里昂安慰他的儿子说。

"但是父亲,那必须在明天天亮前完成!"马拉·沙杜比喊道。

"是的,我知道,我的孩子。"拉沃普里昂说,"但是,现在金子非常稀少。让我们去求求我们的朋友阿巴格,让他多运一些金子到海底来,这样的话,我们也许能弄到足够的金子来满足莎达雅的要求。"

马拉·沙杜比一听,心中充满了希望,他一刻不停地赶去风神阿巴格那里。

"是什么风把你吹来了,我的孩子?"阿巴格问。

"我急需您的帮助,弄到一百艘船的金子,好赢得我美丽的妻子。"马拉·沙杜比气喘吁吁地说。年轻人含着泪告诉阿巴格,他是如何爱上了美丽可人的阿妮娜,他向她求婚,可她的母亲莎达雅却提出了苛刻的要求。

"但我能帮你做什么呢,我亲爱的孩子?"

马拉·沙杜比说:"在今明两天内,请您施展神力,弄沉在我们海域内的所有大大小小的船只,那当中有许多船都满载着金子要与莎达雅交换盐,我父亲的人会在海里收集那些金子。我父亲忠诚的朋友啊，请您务必帮忙。"

没等听完年轻人的乞求，阿巴格就集中了他全部的力量掷向大海，天色骤然变暗，海面上掀起层层巨浪。阿巴格的威力还未退去，成百上千的大帆船已经葬身海底。

很快，马拉·沙杜比就收集了超过一百艘船的金子。但不幸的是，就在马拉·沙杜比向风神阿巴格恳求的时候，美丽的阿妮娜正和一些朋友赶往附近一座小岛去参加婚礼。他们乘着一艘不十分坚固的船，当他们起航时，海面上风平浪静，可他们还没走多远，天就突然暗下来，风雨交加，只一会儿工夫，弱不禁风的小船和船上的人便一起沉入海底。

风暴尚未完全平息，马拉·沙杜比就带着满载金子的帆船来到岛上，一个正在岸边痛哭的女人告诉了他阿妮娜的不幸遭遇。

马拉·沙杜比听到阿妮娜的死讯，伤心欲绝，疯狂地扯自己的头发。他是如此哀伤，以至于忘了告诉阿巴格停止风暴。风暴越来越猛，海水越涨越高，莎达雅的岛很快就被汹涌的海水淹没了。但岛上的那些洞仍旧不停地制盐。

很多很多年以后，所有的海水都变成咸的了，直到今天，海水依旧都是咸的。

望渔石的传说

摩格宁单神是比科尔族渔民的保护神。当渔民在海上打不着鱼的时候,他们就向摩格宁单神祈祷,这样他们就可以满载而归。渔民们的生活在摩格宁单神的保佑下日益富足,千百年来,渔民和摩格宁单神相处得非常友好。

有一天,渔村里来了两个陌生人。他们十分羡慕渔民们通过打鱼过上了好日子,准备加入渔民的群体。渔村里的人对这两个陌生人一无所知,就问他们叫什么名字,从哪里来的。两个陌生人中的高个子说:"我们是从邻村来的,我们非常羡慕你们这里的富足生活,想要加入你们打鱼的行列。我叫帕萨卡,这是我的助手玛卢亚。"

村里人害怕陌生人不懂规矩,冒犯了保护神摩格宁单,于是就一起商量是否让这两个陌生人加入。最后,村里的一个老者说:"我觉得就让他们留下吧,如果我们的保护神不喜欢这两个人,他自然就会把他们赶走的。"其他人都认为这个老人的话很有道理,于是他们决定留下这两个陌生人。在允许这两个新手出海以前，村里人一再好心地叮嘱他们，千万不要冒犯了摩格宁单神，否则灾难就会降临到他们头上。

帕萨卡和玛卢亚终于可以和其他人一起出海打鱼了。帕萨卡一边摇桨，一边问玛卢亚："村民们为什么一再叮嘱我们不要冒犯摩格宁单神呢？"

"我也不知道。"玛卢亚说，"我听说住在森林里的人也崇拜一个神灵叫奥克，是一个保佑猎人的神灵。我想，村民们那么相信摩格宁单神，一定是因为摩格宁单神具有影响渔民的收获的神力。只要我们不去冒犯摩格宁单神，我们一定可以打到很多很多的鱼。"

"我才不信这些呢。"帕萨卡非常轻蔑地说。

"啊，"玛卢亚神情慌张地说，"你可千万别这么想，我听说森林里就有猎人因为冒犯了奥克神而变成了石头。"

"我天生就有好运气，我为什么要害怕这些神灵呢？"帕萨卡说。

两个人正在争论不休的时候，有鱼咬钩了。

帕萨卡和玛卢亚与其他渔民一起回到了渔村。可是别的渔民打的鱼每一条都又肥又大，而帕萨卡打的鱼却又瘦又小。帕萨卡非常奇怪，他问其他渔民打到大鱼的窍门是什么。渔民们告诉他，在撒网之前必须先向摩格宁单神祈祷，这样就可以保证满载而归。

如果没有向摩格宁单神祈祷,那么撒下去的网里就只有小鱼了。

为了亲眼看看渔民们是怎么祈祷的,第二天,帕萨卡和玛卢亚搭乘别人的船出海。渔民在出海之前,先在船上装了一些切好的鱼片,这些鱼必须是从河里抓来的。渔船到了打鱼的地点,渔民们先在船舷上又喊又跳,这样来引起摩格宁单神的注意,然后,渔民们就把准备好的鱼片扔到海里。过不了多久,帕萨卡简直不敢相信自己的眼睛,他看到了无数又大又肥的鱼游了过来。求鱼的祈祷仪式还有一个规矩,就是这个仪式可以在任何时候举行,唯独不能在黎明的时候。渔民们告诉帕萨卡,那是因为摩格宁单神正在睡觉,如果祈祷者把他吵醒了,他就会严厉地惩罚祈祷者。

帕萨卡和玛卢亚从渔民那里学到了打鱼的窍门以后,每天都起早贪黑不停地在海上打鱼。他们打的鱼比其他渔民都多,并且利用自己打的鱼在市场上哄抬鱼价。通过这种方法,他们发了大财,然而他们贪婪的本性也一点一点地暴露了出来。他们有了钱以后,丝毫都不肯帮助村里其他人。渔民们看清了帕萨卡和玛卢亚的守财奴本性以后,都很讨厌他们,谁也不愿意再和他们交往。于是,帕萨卡和玛卢亚在渔村里的生活变得一点乐趣都没有。打鱼赚钱,再打鱼再赚钱,打更多的鱼赚更多的钱,成了他们两个人生活的全部内容。时间一点一点地流逝,渔村里的渔民还像以往那样和摩格宁单神保持着融洽的关系,只有帕萨卡和玛卢亚对打鱼的热衷达到了疯狂的程度。

有一天,帕萨卡和玛卢亚从早上出海开始打鱼,一直干到了中午,又从中午一直干到了下午。他们不停地向摩格宁单神祈祷,海里的鱼不停地拥进他们的渔网。那种喜悦的感觉使他们忘记了时间,不知不觉已经是第二天的黎明了,他们还在船舷上不停地叫喊,不停地往海里扔鱼片。

摩格宁单神被帕萨卡和玛卢亚的叫喊声吵醒了,他非常生气。"这两个贪得无厌的家伙,我给了你们那么多的鱼,你们还不知足。"

鱼神命令所有的鱼都回到海底的洞里,然后自己也回洞睡觉去了。他希望帕萨卡和玛卢亚就此罢休,收网回航。可是,帕萨卡一看海里的鱼都不见了,就在船舷上叫喊得更厉害了。这下可把鱼神激怒了,他在海上掀起了一场暴风雨。

"暴风雨来了,一定是我们把鱼神激怒了,我们快回去吧!"玛卢亚大声地喊道。

"胆小鬼,这点暴风雨算什么? 别管它,我们继续打鱼!"帕萨卡几乎红了眼,他什么都不管了。

海上的风浪越来越大,帕萨卡一看情形不对,想要起锚回航,可是已经来不及了,船锚被牢牢地钉在了海底。只见半空中一个闪电劈了下来,海面又恢复了平静。

渔村里的渔民看到海上突然之间下起那么大的暴风雨,都猜到了是鱼神在惩罚那两个贪得无厌的家伙。第二天,渔民还像往常一样出海打鱼。他们在海上找了很长时间也没有找到帕萨卡和玛卢亚的影子，最后只发现海上多了两块人形的石头，仿佛是在默默地对看。渔民们都说这是帕萨卡和玛卢亚变的。

现在，在巴卡凯海滨还可以看到这两块石头。虽然已经看不出人形，可是渔民都知道，当夕阳的余晖照到这两块石头的时候，打鱼的渔船就该往回走了，因为打鱼的时间结束了。

杧　　果

菲律宾出产的杧果个个又大又甜又香,菲律宾人都很喜欢吃。杧果的形状很像人的心脏,这里有一个关于杧果由来的动人故事。

很久以前,有一个男孩名叫多明哥。虽然他家里很穷,可是他心眼很好,乐于助人,很小就能帮父母做家务了。在家里,各种各样的家务都由多明哥来做:妈妈洗衣服,他为妈妈打水;妈妈织布,他帮着妈妈卷布;爸爸外出干活,他帮着准备工具;爸爸干活回来,他就马上送上一杯又浓又香的热茶。邻居有什么困难也会请多明哥帮忙:"多明哥啊,请帮我把这饭送给我丈夫,他在田里干活。""多明哥啊,给我把麻布铺在地上晒一晒。""多明哥啊,请你给我拾点柴来。"……每次遇到这种情况,多明哥总是会热情地帮助邻居解决困难。

多明哥还时常去照顾一个住的地方离村子很远的瞎眼老婆婆。

"您好,奶奶。我给您带了些鱼和辣酱油,您快过来尝尝。"多明哥说。

"谢谢你,多明哥。"老婆婆感动地说,"要不是你这么照顾我,我早就活不下去了。你真是个大好人啊!"

"您可千万别这么说,即使我不来照顾您,还是会有别人来的,老奶奶。"多明哥笑着安慰老奶奶说。

有一次,多明哥看见有个女乞丐在路上一瘸一拐地慢慢走着,看上去好像已经精疲力竭了,随时都有摔倒的可能。多明哥连忙跑过去对她说:

"大娘,到我家去,在我家歇一歇,我让我妈给你做些吃的。"

"孩子,谢谢你,你真是个好人。"女乞丐感动地说。

多明哥把她带到了家里,为她端来了热气腾腾的饭菜。

"你真是一个心地善良的好人啊!"女乞丐说,"人们永远不会忘记你有一颗善良的心。"

多明哥就是这样乐于助人。

多明哥所住的村子旁边有一条河。有一天,一个小孩掉到河里,正赶上小河的上游在下暴雨,水流十分湍急,小孩一掉进水里马上就被冲走了。这时候,多明哥恰好经过这里,他看见小孩在河里挣扎,赶紧跳下水,把小孩救上岸。孩子得救了,可是多明哥自己却受寒得了重病。左邻右舍听说多明哥病了,都到他家里来,守在多明哥的病床前,想尽各种办法照顾多明哥,为多明哥治病。然而,多明哥的病情非但没有好转,反而一天比一天严重,最终离开了人世。

"多明哥不在了,"人们都十分伤心,"心眼好的人怎么总是没福分呢?"

人们的哭声越来越高。突然,多明哥的床前出现了一个仙女,穿着一身雪白的衣裙,脸放金光。

"你们别哭了,"她对伤心的人们说,"多明哥死了,但他乐于助人的心灵会永远活着的。"说完这话,仙女就不见了。多明哥被埋在离家门口不远的山上。第二天,大家惊奇地看见,一夜工夫,墓旁边长出了一棵大树,树上结的果子是他们从来没见过的,形状很像人的心。人们一尝这果子,又甜又香。人们知道,这是多明哥那颗助人为乐的心变来的。

这就是杧果的由来。

"水果之王"为什么会有臭味

榴梿,被称作"水果之王",它那难闻的气味给人留下了深刻的印象。在菲律宾达沃市的卡里南区,种植着大量的榴梿,那儿的人们喜欢讲述一个传说,据说那就是榴梿独特味道的由来。

故事发生在好几个世纪前,卡里南被一位名叫巴隆马伊的强有力的国王统治着。虽然他已经很老了,可是,他在以马蒂甘为首的十六个忠诚谋士的帮助下,人民安居乐业。马蒂甘也因为自己的聪明睿智而闻名于周边地区。国王的妻子叫玛达雅·白霍,是塔格王的女儿,她的父亲统治着达沃湾对面的里基岛、塔利德岛和萨毛岛。

玛达雅王后既年轻又漂亮。她虽然身为王后,却行事鲁莽,而且一点都不爱已经衰老的巴隆马伊国王。她几次跑回父亲的王宫,都被她父亲满怀歉意地送回来。巴隆马伊国王实在太爱玛达雅了,尽管王后经常跑回家,他也不生气。有一次,当王后又一次跑回家,他决定让马蒂甘和其他谋士帮他出个主意,希望能够把王后长久地留在身边。

"上帝赐予你们智慧,你们曾为我做过许多事。"巴隆马伊国王对他们说,"现在我要你们想一个办法让我的妻子心甘情愿地回到我身边,让她爱我吧,别让她离开我。"

"我们愿意忠诚地为您服务,伟大的国王。"马蒂甘无奈地摇了摇头说,"我们发现了取火的方法,我们发明了混合金和黄铜的方法,我们还发明了其他许多东西。但这次您的要求超过了我们的能力,只有上帝才能让玛达雅·白霍爱上您。"

巴隆马伊国王十分生气。他跺着脚撕扯着头发骂道:"你们这群白痴! 你们连让王后爱上我的办法都想不出来,我要把你们通通抓去喂红蚂蚁!"

"且慢!"马蒂甘说,"我知道谁能帮助您,他是住在阿伯火山的一位隐士。这个隐士可不是个凡人,他拥有强大的魔力,曾经让山上冰凉的泉水变成沸腾的温泉。只有他能够想出让王后爱上您的办法。"

于是,国王亲自来到火山里,带着礼物拜访那位聪明的隐士。

"您的愿望会实现的。"隐士说道,"但是,每个人都必须为了心所企盼的愿望付出巨大的努力。您必须先找到三样东西:首先,是黑塔布鸟的蛋;其次,要十二勺白水牛的奶;最后,还要信念树上的花蜜。黑塔布鸟的蛋会让王后的心变软,牛奶会让她的心变善,那奇妙的花蜜会让她把您当成一位又年轻又英俊的国王。您得到这三样东西后,带着它们来见我,我再告诉您下一步该干什么。"

巴隆马伊国王一听隐士的话,心中刚刚燃起的一线希望一下子被浇灭了。第一个要求就不好办,从来没有人看见过黑塔布鸟的蛋,因为它们只在黑夜里下蛋,而且把蛋埋在十英尺厚的沙子底下。况且又有谁见过黑塔布鸟呢?白水牛的牛奶,那倒很容易;可是要拿到信念树的花蜜,那简直是天方夜谭。

隐士看了沮丧的巴隆马伊国王一眼,说道:"我一开始就告诉您了,每个人都必须为了心所企盼的愿望付出巨大的努力,您怎么一遇到困难就退缩呢?虽然您看不见信念树,但它确实存在。它只开了一朵花,现在那朵花就插在树林仙女的头发里。要拿到它,您得找到仙女,并且在她睡觉的时候把花偷到手。"

虽然巴隆马伊国王十分怀疑隐士的话,但他还是非常想让妻子回心转意。一连十个夜晚,他不停地在海边走着,希望能见到黑塔布鸟。他坐在沙滩上,不停地大声长叹着。他的叹气引起了海龟之王巴威干的注意。

"您是强大的巴隆马伊国王,您能得到任何您想得到的东西,"巴威干说道,"为什么您坐在这儿大声长叹呢?"

"哎呀,我是可以得到我想要的东西,可是我最想要的人却离我而去了。"国王悲伤地说,"为了让我的妻子回到我身边,隐士要我找到三样东西,其中一样是黑塔布鸟的蛋。"

"别失望,巴隆马伊国王。"巴威干说,"三天前的晚上,我看见一个黑塔布鸟的蛋,黑得发亮,大得像椰子。我可以帮您找到那个黑塔布鸟的蛋。"国王在大海龟的帮助下找到一个黑塔布鸟的蛋,他高高兴兴地回了城堡。也像他所说的,一头白色的母水牛十分容易找到。虽然他已经有了黑塔布鸟蛋和牛奶,可是他还是闷闷不乐,他在为信念树的花蜜发愁。他去了东方,又去了西方,去了北方,又去了南方,东南西北都找遍了,怎么也找不到树林仙女。他又饿又累地回到王宫,坐在阳台上大声长叹。他的叹气声引起了风仙女哈宁巴伊的注意。

"您是强大的巴隆马伊国王,您能得到任何您想要的东西。"她说,"为什么您坐在这儿大声长叹呢?"

"唉,我哪能得到所有我想要的东西呢?我连妻子的爱都得不到,还算得上什么强大的巴隆马伊国王呢?"痛苦的国王说道,"为了让她爱我,隐士需要三样东西。我已经拿到其中两样,但我怎么也找不着信念树的花。"

"别失望,巴隆马伊国王。"哈宁巴伊说道,"我来帮您弄到信念树的花。树林仙女是我的姐妹,为了帮您得到您妻子的爱,我可以帮您得到信念树的花。"

巴隆马伊于是紧抓着风仙女的头发,和她一起从东飞到西,从北飞到南。飞了三天,他们终于在希里的森林里发现了树林仙女。"我想个办法使她打瞌睡,然后你就去取她头上的花。"哈宁巴伊说。

巴隆马伊国王藏在一块石头后面，看着哈宁巴伊用头发扇着树林仙女，不知不觉地让她进入梦乡。这样，国王就拿到了神奇的信念树的花。

第二天一大早，巴隆马伊国王就赶到火山里，把塔布鸟蛋、牛奶和花带给隐士。

"您确实为您的愿望付出了努力，所以，您的愿望一定会实现的。"隐士说道，"不过您得向我保证：当您重新让妻子回到身边后，设宴欢庆时可别忘了我，让我分享你们的欢乐吧。"

隐士在蛋上凿了个洞，然后从花中提取花蜜，把蜜和牛奶一起倒入蛋中，接着用他的魔杖搅拌。"把这个种在后花园里，"他嘱咐国王，"它就会长出一棵结果子的树。让您的妻子吃树上的果实，她就再也不会离开您了。"

巴隆马伊国王按照隐士说的做了。第二天早上醒来，他闻到一股扑鼻的甜香味。他跑到后花园一看，哎呀！昨天他埋下那颗蛋的地方已经长出了一棵大树！大树上结着累累的果实，大得像椰子，表皮滑得像塔布鸟蛋。有些果子已经掉在地上裂开了，它们的香味让他感到肚子在咕咕直叫。吃了一个，他突然觉得年轻了许多，就好像他的血管里重新注入了新鲜血液。

巴隆马伊国王立刻带着一个果子渡过海湾去找王后。在他见到王后之前，那芳香早就飘到了王后的身边。当王后看见巴隆马伊国王带着一个芳香扑鼻的水果来见她时，她就像着了魔一样，一下子就把水果都吃光了。等到王后再抬头看国王时,她已深深地爱上了国王。

之后,巴隆马伊国王和玛达雅王后回到他们的王宫,国王举行了一个盛大的宴会。糟糕的是,他在激动之余竟忘了邀请那位隐士!

"可恶!"隐士说,"既然你们忘了我,那我就让果皮上长满刺,谁要打开它谁就会伤着手;我还要让它的芳香消失,让它变得恶臭难闻,谁要吃它就得忍受那难闻的气味!"

尽管榴梿又长刺又难闻,可所有尝过它的人还是都认为它是最好吃的水果。因为它有着"如同蛋白般滑嫩的口感,如同牛奶般醇馥的香甜,还有浓郁的蜜糖味道"。

大蒜的由来

很早以前，居住在菲律宾的人还很少。在这些为数不多的居民中，有一个非常漂亮的马来女人，叫库拉拉。她长得太漂亮了，好多不同部落首领的儿子都想娶她为妻。她的母亲乌妲甘当然很乐意这样，因为部落首领像国王那样强大、富有。他们拥有大片的土地和许多烟草、牛羊。他们住在大房子里，并且由很多奴隶服侍他们。他们有珍贵的珠宝，如黄金、白银，如果库拉拉用这些珍宝打扮一下的话，她一定会更加漂亮的——毫无疑问，她看起来像一个女神。父母为他们的儿子或女儿安排婚事是当时的风俗，所以，乌妲甘在未征求库拉拉的意见的情况下，接受了安图拉——一个最富有和最勇敢的首领的儿子的请求，答应把女儿嫁给他。

达威首领的儿子玛杜，另一个求婚者，得知这件事情后，就决定要杀死安图拉。一天夜里，他拿着浸过毒液的长矛等在安图拉打猎回来必经的道路上。

很快，安图拉来了，他的肩上扛着一头死野猪。玛杜从安图拉的背后刺出了长矛。这支矛穿透了安图拉的身子,安图拉的身子晃了晃,倒在了地上。

当玛杜转身准备逃跑时,他看到一个男人拿着一支长矛向他刺过来。这人是安图拉的一个仆人。他背着沉重的猎物远远地跟在安图拉的后面,一看到主人被人暗害,他甩掉猎物,抓着长矛向玛杜扑了过去。玛杜试图举起他那沾满血迹的矛来防备这突如其来的攻击,可是已经太晚了,安图拉的仆人以闪电般的速度把他的矛掷向玛杜,长矛戳穿了玛杜的心脏。玛杜倒下了,倒在了安图拉的旁边。

库拉拉得知这个可怕的悲剧,心里十分难过。她认为如果不是她,那两个年轻人也不会死去的,而且她的美丽很可能还会导致更多的人死亡。

一个漆黑的夜晚,库拉拉穿过平原,登上一座传说中神灵居住的高山。库拉拉跪在地上,向神灵忏悔由于自己的美貌所造成的罪过。过了一会儿,天上下起了倾盆大雨,电光闪闪,雷声隆隆。库拉拉张开双臂,呼喊着:

"神啊,就用我的死来洗去我的罪过吧!"

果然,一个耀眼的闪电打在了库拉拉的身上,库拉拉浑身湿漉漉地倒在了山顶上。

第二天早上,乌妲甘发现库拉拉失踪以后,就和邻居们四处寻找。他们在山上发现了美丽姑娘的尸体。乌妲甘悲痛万分,她把女儿埋在花园里,在坟墓的四周种满了库拉拉最喜欢的花。

　　每天,乌妲甘都在女儿的墓前祈祷,祈祷神灵能够给她留下一些有关女儿的纪念。有一天,乌妲甘发现女儿的墓上长出了一棵杂草。"哼,我女儿的墓上怎么能有杂草呢?"乌妲甘上前把那棵杂草拔了起来。乌妲甘一看草的根特别肥大,剥开根上面的一层薄膜,乌妲甘看到一个晶莹剔透的东西。

　　"这是你女儿的牙齿变的,乌妲甘。"

　　乌妲甘听到一个声音在对她说。她知道,这是自己的祈祷感动了神灵。乌妲甘把这种草种满了整个花园,也把它介绍给其他人。

　　乌妲甘所看到的植物,就是我们今天所说的大蒜。

只在晚上才开花的树

很久很久以前，在一个渔民聚居的地方，住着一对贫苦的夫妇，他们有一个女儿，名叫玛悠。玛悠不但长得很漂亮，而且心地善良。她的父亲是个渔夫，母亲为村里其他渔民编织渔网。玛悠承担家里的洗衣工作，除此之外，她还打扫房间、做饭。

每天早上，玛悠都会到河畔岩石边洗衣服，有时是跟别的女孩一起去，但更多的时候是独自一人，因为她喜欢一个人去。这倒不是因为她性格孤僻，只是因为当她有事要做时，她喜欢单独完成并且越快越好。她觉得当她和别人在一起时，总是会被分散注意力，她总是想到她还有房间没有打扫，饭还没有煮。

有一天，当她独自一人在小河边洗衣服的时候，一个划着一条又长又光滑的独木船的人从她身边经过。那船先是行驶得非常安静，玛悠洗衣服时又非常专心，以致她都没有注意到划船的人。当她正准备脱衣服，在回家之前下水洗个澡时，划船的人突然出现了。她急忙起身，假装忙着洗衣服。

划船人十分年轻、英俊，在阳光下他的肌肉显得结实且闪耀着健康的棕色。看到玛悠是如此美丽纯真，划船人停下来向她问候。

"姑娘，早上好！"他说道。

"先生，早上好！"她回答道。

"这真是个美丽的早晨，"他说道，"在这么美丽的早晨遇见你这么漂亮的女孩儿，真是能使人一天都有一个好心情。"

她一言不发，垂下眼睑，羞涩地涨红了脸。

"你害羞的时候显得更可爱了。"年轻人说，他停了停，专注地看着她，"我正准备回我的岛去。我一个人在那里住着，那是一个美丽的岛屿。你想到那儿去看看吗？那儿离这儿并不远。"

"不，谢谢，"玛悠说，"我有活儿要干。"

那年轻人盯着她看了很久，深深地爱上了她。"我得走了，"他说，"我还会来看你的。"

船迅速地划走了，年轻人向女孩挥手告别。玛悠不知道如何是好，他很莽撞，这可以肯定，但在他身上有一种东西令她难以形容。他长得那么英俊、健壮、高大，是那么令人难以忘怀。他是第一个以这种方式和她说话的人。玛悠那年轻的心突然被某种难以名状的柔情触动，但当她想起他说过还要再来看她时，她又害怕了。

"我再也不到这儿来洗衣服了，"她对自己说，"我还是在屋后的小溪里洗吧。"

从此以后，玛悠都躲在屋后小溪旁的树丛里洗衣服，很长时间都没有再去她原来洗衣服的那个地方。但有一天，她好奇地回到河边。"或许他已经把我给忘了。"她自言自语道，"也许他今天不会从这儿经过。"她拿了一大盆衣服来，开始洗。到了中午，他还没有经过，她突然莫名其妙地感到有些失望。"他不会再来了。"她想道。

后来几天，她又回到岩石旁洗衣服。尽管玛悠想尽办法让自己不去想那划船人，可是她总也挥不去他在她头脑中的影子。当时间一天天地过去，他始终没有再出现，她便每天带着一颗沉重的心回家。在入睡以前，她问自己为什么会想他，到底是什么值得她如此朝思暮想，难道是他的样子？难道是他的话语？难道是他的……她为什么要想他呢？但她还是禁不住要想。

一天，当她还没来得及想他时，他便划着他的又长又光滑的独木船来了。一见到玛悠，他的脸上露出十分吃惊的神情。他停下船，轻快地上了岸，摘下宽大的草帽，向玛悠行了个礼。

"美丽的人儿，早上好。"他说。

玛悠的脸涨得通红，她觉得口干舌燥，心跳加快。

"早上好，美丽的姑娘。"年轻人重复了一遍。玛悠看了他一眼，然后突然转身逃跑。他并不想伤害她，但见她逃跑，他也追了上去，并且赶上了她。他搂住她的腰，轻轻地却又十分坚定地将她转过来，这样，他们四目相对了。

"你为什么要逃跑?"他问,他温暖的气息喷到她的脸上。

"我怕你。"她喊道。

"为什么? 为什么?"

"我不知道。"她说,"我……我不认识你。"

"跟我来吧,"年轻人说,"你会了解我的,我将带你去看我的岛。"

"不,我不能。"她喊道。突然她觉得浑身酥软,原来是年轻人那有力的臂膀已抱起玛悠,将她轻轻放在他的船上。当她清醒过来时,船已经行驶在大海上,正向他的岛的方向前进。

那是一个长满花草树木的小岛,即使从远处看,也十分美丽。玛悠的第一个冲动就是大叫着跳下船,希望能游回家,但她知道那是不可能的。除了美丽的风景之外,岛上还有许多吸引她的地方,她已经屈服于它那不可抵御的美丽了。

"你叫什么名字?"玛悠问那个年轻人。

"他们叫我何诺。"他一边说一边微笑地看着她。

"我叫玛悠。"她说。

"我早就知道了。"何诺说。

"这是什么香味? 我怎么从来没闻过? ——真香啊!"玛悠一边说,一边闭上了眼睛,靠在何诺身边。

"这种香味来自一种美丽的植物,这种植物只有我的岛上才有,它开的小花散发出一股迷人的味道。"

　　的确,那是一种无比美妙的香味。玛悠已尽情陶醉在这岛上奇妙的香味之中,陶醉在何诺的爱和关怀之中。她偶尔也会想起她的父母,但是随着时间的流逝,她对父母的怀念也渐渐变淡了。

　　那树长在两块岩石之间,它的花朵美丽而且充满芳香,仿佛是一首悠远又完美的田园诗,玛悠常摘一些编成花环戴在头上或是挂在何诺的脖子上。

　　"我爱你,玛悠,我是多么爱你啊!"何诺说,"你永远不会离开我的,对吗,玛悠?"

　　"不会,永远不会。"玛悠回答说,并且吻了他。

　　于是,这对情侣在岛上安顿下来。但是,有一天,玛悠一觉醒来,突然想起她父母,心里充满了怀念。"他们一定认为我死了,"她想,"我必须让他们知道我还活着而且十分开心,我必须让何诺带我回家去见见他们。"

　　何诺当然理解她的心情,同意带她回去看一看她的父母。于是,第二天早晨,他们便乘着独木船起程了。

　　那天,天气晴朗,可当他们渐渐远离小岛时,乌云开始在他们头上密集,风从四面八方涌来,不一会儿就下起雨来。开始只不过是毛毛细雨,玛悠也十分乐意在雨中划船。但很快狂风大作,下起了瓢泼大雨,她浑身都湿透了,在雨中瑟瑟发抖,独木船不停地摇摆,但何诺用双手紧紧抓住橹拼命地往岸边划去。在玛悠和何诺的齐心协力下,小船终于安全靠岸了。

玛悠的父母见到他们时，热泪盈眶。玛悠和何诺亲吻了父母的手，并祝福他们。

"玛悠，"他们说，"我们以为你已经死了。"

"请原谅我。"玛悠说。

"你能安全回来，我们就已经心满意足了。"他们说。

"我们不会在这里久住，"玛悠说，"我不能离开我们的岛，我已经学会了爱它。"

于是，她告诉他们关于小岛上的美丽景色，告诉他们那散发着神奇香味的花朵。

"你们肯定从未闻到过那么香甜的气味。"她说。

大家都十分愉快，共享丰盛的晚餐，但第二天早上玛悠发起高烧来。

一开始，那并不成什么问题，玛悠说只不过是感冒而已。但随着时间一点点流逝，玛悠烧得越来越厉害。何诺开始害怕了。玛悠的父亲用草药敷在她的四肢上，可连这样也没能使她出汗。高烧开始使玛悠神志不清，她嘴里不停地讲着小岛和长着不可思议的花朵的树："何诺，何诺，带我回小岛吧，我快死了，我知道，何诺，我快死了。"

"不会的，亲爱的，"何诺说，"你不会死的！"

"亲爱的，你一定要把我带回小岛去，何诺，你一定要。妈妈、爸爸，请让我走吧，请让何诺带我回小岛吧！我不能就这样没有花的陪伴就死去。如果我要死,我也一定要和花死在一起。”

“我们好不容易才团圆,可不能再失去她了。你就按她说的,把她带回小岛去吧,说不定这样,她的病就会好的。”她的父母焦急地说。

何诺告别了玛悠的父母,连夜划船赶往小岛。天刚蒙蒙亮的时候,独木船到达了小岛。玛悠的眼睛忽然睁开,当她闻到那美妙、熟悉的花香时,一股喜悦之情溢满她的心头。“我会活下去的!”她叫道,“我会活下去的,因为现在我已闻到我们的花香了。”

何诺将她轻轻从船里抱上岸。

“噢,何诺,”她说,“这香味是如此甜美,我感到它融进我的血液里,治好了我的病。你闻到了吗,何诺?”

“是的。”何诺说,他看见怀里的玛悠又神奇地恢复了她那光彩照人的表情。她的嘴唇在一分钟前还全无血色,而现在却仿佛是盛开的花朵一般。但从那天起,神秘树上的花朵不再在白天开放,因为它们的甜味全都流入了玛悠的身体,去治好她的病,使她获得了新生。只有在晚上,在月光下,那些花儿才全部开放,散发出甜美的香气,弥漫在空气中。

从此,神秘树的名声远扬,人们纷纷到岛上来,带走一些树枝,种在他们的园子里。这种树的花叫作月夜花,因为这种花只有在洒满月光的宁静的晚上才会开放,并且散发出一种迷人的香味。

木头雕像的由来

很久很久以前，在一个叫哈堡的峡谷里，居住着伊富高族夫妇，名叫维加和布甘。他们种植谷物，喂养猪和鸡。他们的孩子个个活泼可爱。

到了收获的季节，他们收割谷物，一大堆一大堆的粮食堆满他们的院子。他们把粮食铺在地上晒干。看到收获了这么多的粮食，维加开始酿米酒。他先将粮食发酵三天，然后用罐子装满，金黄色的美酒使夫妇两人不饮自醉。

有一天早晨，维加对他的妻子布甘说："今天，我们就把粮食储藏到谷仓去吧。"

"好的。"布甘说。

于是，维加拿出他祭祀用的礼盒和酒罐，放在谷仓旁的地上，然后盘腿而坐，开始祈祷。他呼喊着雷神、天神、地神和谷神，感谢各路神仙给他带来了好收成。正巧，此时天界的维加神在巡视人间，他看见了人间的维加正在进行储藏粮食的祭祀。

"怎么会这样呢?"天界的维加大喊道,"人间的维加在为储藏粮食做祈祷时,为什么在他的典礼盒边却看不到任何木制的神像呢?"

他纵身一跳,从天上跳到了维加家谷仓的屋顶上,然后顺着墙壁滑了下来,站在院子里。维加神将长矛往地上一插,蹲坐在维加面前。

"伊富高族的维加,"他问道,"你为什么不找些神像,把其他的神也请来,让他们也来保护你收获的粮食呢?"

"我不会做那种神像。"伊富高族的维加回答说。

"等一下,"天界的维加说,"我来教你。"

天界的维加站起身,抽出他的长矛放在地上,然后带上人间的维加飞了起来。他们飞过高山,飞过峡谷,不一会儿就来到了一片大森林里。

"天界的雷神,"天界的维加命令道,"我们需要一棵树。"

于是,雷声轰鸣,随着树叶的沙沙声和一声巨响,一棵树出现在伊富高族的维加面前。

天界的维加一拉他的食指,一把斧头就出现了。他一捏他的大拇指,一把刀就做成了。他又一转他的小拇指,一把锋利的短刀出现了。他用斧头把树劈成四段,用大刀做出大致模型,然后用小刀雕刻出头、眼、鼻子、耳朵、嘴、身体和四肢,接着他将做好的神像立了起来,放在维加的面前。

"等一下，"天界的维加说，"我还要再做三个，他可不能没有妻子、仆人和信差呀。"

于是，他又动手干起来。在中午到来之前，四个神像就出现在维加的面前了。

"你看清楚我是怎样雕刻这些神像的吗？"天界的维加问。

"是的，"伊富高族的维加回答说，"真是太棒了，就像真的一样，就连耳环、项链、珍珠都有。"

"天界的台风，呜呜地刮呀！"天界的维加喊道。

突然，四个神像立了起来，朝着哈堡峡谷的方向飞去，两个维加随着神像一起飞向哈堡峡谷。当他们到达哈堡峡谷时，那四个神像早已排列在祭祀的礼盒后面了。

"这就对了。"天界的维加说，"念你的祷告吧，召唤其他的神灵保佑你吧。他们会来到你的神像中，给他们猪肉吃、米酒喝、蒌叶果嚼，他们会保护你储藏的粮食的。"

伊富高族的维加按照神的吩咐做了，谷神降临了，进入了雕好的神像，他们咀嚼蒌叶果的精华，吃猪肉，喝米酒。紧接着又有一些神灵来到维加的家中，他们喝了很多米酒，开始高声大笑，闲聊漫谈，唱歌饮酒。

"太棒了，太棒了！"谷神高声叫道，"我们喜欢到哈堡来，我们喜欢伊富高族的维加。我们将要住在这儿，保护你的粮食、谷仓和房子。我们要教你的孩子们、邻居们如何制作神像。"

维加和布甘十分高兴。当收获季节再次降临时,他们又一次五谷丰登,他们饲养的猪、鸡都是膘肥体壮,他们的孩子也都非常健康。

这就是为什么哈堡人懂得雕刻艺术的由来。他们制作神像来保护粮食和村庄。

凤　凰　鸟

邦板牙的国王生了一场很重的病,全国的医生都对国王的病束手无策。直到最后,有一个从邻国来的医生说可以治愈国王的病。国王一听到这个消息,马上派人去将这个医生请到了宫里。

国王对医生说:"我对我的病已经不抱任何希望了,你有什么办法来治呢? 这里的医生已经给我服用了各种药,可是一点用处都没有。"

医生向国王深深地鞠了一个躬,说:"陛下,只有一个办法能医好您的病。在很远的地方,有只叫作阿达纳的凤凰鸟,它的歌声具有无比的魔力。您只要能将它抓来,让它在您的王宫里唱歌,您的病就会马上好的。"

国王听了医生的话,脸上露出了绝处逢生的笑容。他问医生:"怎样才能抓到这只凤凰鸟呢?"

医生说:"国王陛下,我也不知道怎么抓住凤凰鸟,只有最聪明、最忠实于您的人才能抓住它。您有三个儿子,不妨试试哪个儿子是最忠实于您的,只有那个最忠实于您的王子才能捉到这只凤凰鸟。"

国王接受了医生的建议,他叫来大儿子彼德罗,把医生的话告诉了他。

彼德罗是一个勇敢的王子,他对国王说:"父王,您尽管放心,哪怕找遍世界上的每一个角落,我也要找到那只凤凰鸟。不管它住在什么地方,即使它在高山上我也要把它抓回来。"

彼德罗的话深深地打动了病重的国王。第二天,国王在王宫里为彼德罗举行了一个隆重的告别仪式,彼德罗充满自信地骑上骏马出发了。

彼德罗走了几天,在路上碰到一个老乞丐。这个老乞丐穿着破破烂烂的衣服,佝偻着背,挂着一根弯曲的拐杖。

"可怜可怜我,高贵的王子,请你施舍几个铜板给我吧。"乞丐说。

彼德罗看都没看老乞丐,一抖缰绳就准备继续向前跑去。

老乞丐拦住了彼德罗的马,请求王子施舍。彼德罗非常生气,他冲着老乞丐喊道:"你这个懒惰的乞丐,我有要紧的事情要办,你别挡着我的路,听见没有,老东西!"

王子说完话,一甩马鞭,很快就消失在远方。老乞丐看着远去的彼德罗,摇了摇头,说:"这个傲慢的王子呀!只怕你已经错过抓住凤凰鸟的机会了!"

彼德罗走了很远很远的路,他来到了一个山洞前。山洞里住着一个隐士,雪白的胡子很长很长,一直垂到膝盖。

彼德罗走了一天,想在山洞里休息一下,然后再继续赶路。他把自己路上的经历告诉了隐士。隐士听了彼德罗的话,大概猜出了彼德罗是怎样的一个人,而且他也估计到彼德罗是不可能完成这个任务的。他说:"我的孩子,只有心地善良的人才能抓到那只凤凰鸟,不正直的人非但得不到,还有可能受到惩罚。"

王子很不耐烦地听老隐士把话讲完,说:"你这个老家伙,我才不怕什么危险和惩罚。只要你把那只鸟的住处告诉我,其他的用不着你替我担心。"

隐士摇了摇头说:"我可告诉你,那是一只具有魔力的凤凰鸟。"

彼德罗说:"我才不在乎什么魔力不魔力,我只想知道那只凤凰鸟藏在什么地方。"

老隐士仿佛看到了彼德罗的结局,他把彼德罗带到了一块大石头上,说:"你穿过这片辽阔的平原,就会看见一棵高大无比的树,你要的凤凰鸟就在那棵树上。我再说一遍,只有真心的人才能抓住凤凰鸟。去吧,孩子,愿神保佑你。"

彼德罗谢都没谢老隐士一声,骑上马就向着那株大树奔去。他穿过了那片广阔的平原,来到了那棵大树前,在那儿他看到了很多石像,有的坐着,有的站着,还有的伸着手臂,好像要从空中抓取什么东西似的。彼德罗很奇怪:为什么会有这么多的雕像呢?哪个雕刻家没事跑到这里刻了这么多的石像?

他正在看那些石像,忽然听到半空中有翅膀扇动的声音。抬头一看,哎呀!只见凤凰鸟正在他头上飞翔,它的翅膀比黄金还要亮,它的歌声比他曾经听过的任何音乐都要动听。彼德罗王子被这只美丽的鸟迷住了。他想坐下来等到凤凰鸟落在树上时再抓住它。可是他刚坐下,就在歌声里睡着了。从凤凰鸟的翅膀上飘下来一根金黄色的羽毛,羽毛刚刚碰到彼德罗的身上,他就立刻变成了坚硬的石头。

"这就是你所受到的惩罚。你将保持石头的形态,直到有一个心地善良的人把魔水浇到你的身上,你才能复活。"一个声音在空中说道。

彼德罗就这样一去杳无音讯,国王的病情慢慢地加重了,他又让第二个儿子迪耶戈去寻找凤凰鸟。迪耶戈的经历和彼德罗一样,他也变成了一块石头,留在了那棵大树底下。

国王看到两个儿子都一去不复返,心中十分悲伤,病情也更加恶化。一天,最年轻的王子胡安来到国王的床前,说:

"父王,请让我去抓那只凤凰鸟吧,我一定会有好运气的。"

胡安是国王最疼爱的儿子,如今也是唯一的儿子,他再也不想让儿子去冒险了。国王悲伤地摇了摇头,说:"现在我不能再让你走了,你是我最后一个儿子,我不能让你也出什么意外。"

这件事暂时搁了下来。几天以后，国王的病又加重了，深爱着父亲的胡安再一次请求父亲允许自己出去寻找凤凰鸟。胡安一次又一次地请求，直到父亲答应了他。

出发前，胡安在父亲面前跪了下来，接受老父亲的祝福。"我们祝福你，亲爱的儿子。"国王说道，"你要小心一点，很显然，那只凤凰鸟具有神奇的魔力。我们的祝福会一直陪伴着你的，直到你把凤凰鸟和两个哥哥带回来。"

"亲爱的父王，我一定要把凤凰鸟带回来。"胡安眼中噙着眼泪，深情地说道。

胡安带了一口袋干粮和一根拐杖，步行出发了。他并不在乎路途遥远，每天只在大树底下、泉水旁边休息一小会儿，然后就接着赶路。这样风尘仆仆地走了几天，他遇到了一个老乞丐。老乞丐哆哆嗦嗦地伸着一双布满皱纹的手，说：

"我快要饿死了，请给我一些食物和水吧！"

没等老乞丐说更多的话，胡安就搀着他坐到路边的一块石头上，把自己剩下的一点干粮送给了老乞丐，还和老乞丐一起分享水囊中的泉水。

"谢谢你，好心的年轻人，"老乞丐说，"我很久没吃过这么好的饭了。"

老乞丐从破口袋里拿出了一把小刀和一个柠檬，他说："孩子，我知道你要去寻找那只凤凰鸟为你父亲治病。你要记住，当你走到凤凰鸟栖息的魔树下,听到了凤凰鸟的歌声时,你一定要保持清醒,要不然你就会像其他人一样,变成石头。因此,我给你一把小刀和一个柠檬。当你觉得想睡觉的时候,你就用小刀在手腕上割一道口子,再擦上柠檬汁,这样就可以使你保持清醒。等到凤凰鸟唱完第七支歌后,它也要去睡觉,你只有趁这个机会才能抓住它。"说完这些,老乞丐又从口袋里拿出一只瓶子,他把瓶子摇了摇,里面的溶液一下就变得五光十色。

老人说:"你的两个哥哥已变成石头。你把这魔水浇在他们身上,他们就活了。"

胡安虽然很奇怪老乞丐怎么会知道自己的事情,但他想到老乞丐给自己这么多的帮助,就向老乞丐再三道谢。之后胡安又走了很多天,最后在老隐士的指点下,来到了凤凰鸟栖息的树下。在那里,他看到了许多各种形状的石像,其中就包括自己的哥哥。

夜幕降临,凤凰鸟飞过来了,它开始唱歌。胡安一听到这甜美的歌声,便开始觉得想睡觉。他想起老乞丐的话,马上用小刀在手腕上割了一刀,又擦上柠檬汁。柠檬汁一擦到伤口上,便是一阵刺骨的疼痛,胡安立刻睡意全无,清醒了过来。

他不断地割,一共割了七次才抵住了凤凰鸟所唱的七支歌。凤凰鸟唱完了歌,就栖息在树上睡着了。这时,胡安王子爬到树上把它抓住了。

然后,胡安就到石人当中去寻找哥哥们,找到了就把魔水洒在了他们身上，破除了魔咒。于是，他们醒了过来。两个哥哥一醒过来就高兴地互相拥抱，可是当他们看到胡安手里抓着凤凰鸟时，脸上就再也高兴不起来了。

在回家的路上，两个哥哥妒忌胡安抓到了凤凰鸟，害怕父亲因此把王位传给他，就商量着要谋害他。他们把胡安痛打一顿，打得他失去了知觉，倒在路上。然后，他们抢走了凤凰鸟，回到了王宫。哪知凤凰鸟却一声不响，国王的病还是不能好转。

胡安被老乞丐救了，他平安地回到了父亲的身边。

当他出现时，那只凤凰鸟立刻唱出了最美的歌。听到这歌声，国王的病马上就好了。

凤凰鸟向国王详细讲述了胡安迟到的真正原因。国王非常生气，立刻下令要处死那两个王子。可是善良的胡安替他们求情，请求把哥哥们留下。国王听从了胡安的请求，饶恕了两个王子。

国王又统治了几年，临死前，他把王位传给了胡安。善良的胡安王子把国家治理得井井有条，人民的生活幸福美满。

可黛雅与贝蒂罗

很久很久以前,在一个叫赛巴贝托的小村庄里,住着一位名叫可黛雅的少女,她的美丽和聪慧远近闻名,所以附近有许多年轻人对她产生了爱慕之心。在这些求爱者中,有一个名叫贝蒂罗的年轻人,他虽然并不富有,但是为人诚恳,心地善良,得到了可黛雅的青睐。

可黛雅和贝蒂罗全身心地投入这场伟大的爱情之中,他们发誓要长相厮守,直到永远;海枯石烂,永不分离。

但是,他们的爱情之路并不是一帆风顺的,因为可黛雅的父亲蒙·勃朗是一个嫌贫爱富的人,他看不起贫穷的贝蒂罗,禁止女儿和他来往,还自作主张地给她选定了家财万贯的安赛蒙作为未婚夫。而可黛雅是一个忠贞的女孩,她直言不讳地告诉父亲:"贝蒂罗是我唯一的至爱,如果不能与他结为夫妻,我宁愿去死。"但是,专断的父亲根本不尊重女儿的意见,仍固执己见。

一天,贝蒂罗像往常一样早早地来到田里干活。到了中午的时候,他的哥哥送来了早餐,但脸上流露出不安的神情。贝蒂罗问哥哥发生了什么事,起初他闭口不答,在贝蒂罗的一再追问下才不得不说出了真相:"弟弟,我听到一个不幸的消息,你要答应我,听了以后一定要保持冷静。"

贝蒂罗点了点头。

"今天早晨,可黛雅的父母和安赛蒙的父母会面了,他们正在讨论关于婚礼的事。我路过可黛雅的房间时,恰好听到他们在大声谈论这件事。不过看样子,事情远没有他们想象的那样顺利。"

"你知道可黛雅现在的处境吗?"

"是的,我的弟弟。可怜的可黛雅一直在不停地向她爸爸哭喊着自己死也不会嫁给安赛蒙。"

"结果怎么样?"贝蒂罗追问道,急切地等待着回答。

"可黛雅的爸爸顽固专断,无论如何都要把她嫁给安赛蒙,还说马上就去筹备,明早就举行婚礼。"

贝蒂罗被这突如其来的消息惊呆了,怔怔地站在那儿,泪水模糊了他的眼睛,手中的砂碗滑落到地上也全然不觉。此刻他完全能体会到可黛雅内心的痛苦,而他自己也心如刀绞。

可黛雅的家中,婚礼的准备工作正紧锣密鼓地进行着。蒙·勃朗的很多朋友都一起帮着布置洞房,筹备盛大的婚礼。可黛雅的房间被装饰一新,充满喜庆的气氛。她的爸爸雇了六名一流的裁缝,用很短的时间赶制了一件小镇上最为华丽的婚纱。

一切都准备就绪了。这将是一次盛况空前的婚礼,那盛大、隆重、奢华的场面足以令小镇上的人们谈论一阵子。然而外面的喧嚣和嘈杂令可黛雅感到厌烦。此刻她正孤零零地躲在房间里,感到寂寞无助、心灰意冷。突然,她好像决定了什么似的,站起身从皮箱中取出了一个小盒子。

薄暮将至,婚礼庆典已接近尾声。可黛雅的母亲突然发现女儿不见了,她找遍了家里的每个角落,却不见踪迹。亲朋好友们闻讯也帮着一起找,然而一无所获。她的父亲为此大发雷霆。

可黛雅的好朋友在她的枕头下发现了一封短信,信上写着:

爸爸,我无法接受这场没有爱情的婚姻,死亡也许是我最好的选择。我会在另一个世界中等待我的至爱贝蒂罗,我们将在那里追求今生不可企及的幸福。爸爸妈妈,永别了!

可黛雅

看到这封遗书,蒙·勃朗和他的朋友们立即分头行动,希望能在可黛雅踏上绝路之前挽回她的生命。

途中恰好遇到安赛蒙和他前去参加婚礼的朋友们。安赛蒙对此感到十分奇怪,便询问他未来的岳父究竟发生了什么事。

"我们正在寻找可黛雅,她离家出走了。"

安赛蒙感到十分诧异,但他还是加入了搜寻的行列。直至深夜,人们终于有了惊人的发现,他们看到可黛雅和贝蒂罗紧紧地抱在一起,永远地离开了人世。尸体被人们抬回家中,人们的心灵被眼前凄惨的情景震撼了,大家悲痛万分,追悔莫及。然而痛哭和眼泪已于事无补,一切都无法挽回了。

翌日清晨,奇怪的事情发生了:岩石上深深地印上了可黛雅和贝蒂罗相拥的轮廓,仿佛是在向人们诉说着可黛雅和贝蒂罗追求真爱的动人故事。这对至死不渝的恋人被合葬在巨石旁边,在另一个世界中实现了他们地久天长的誓言。他们的名字将深深地印在人们的心中,直到永远。这块印有人形的岩石成了追求真爱的象征。为了纪念这对勇敢、忠贞的恋人,人们开始在这一地带营建家园,并很快将它发展成一个繁荣的小镇,小镇因奇石而得名:赛巴贝托。

好心人萨里克

萨里克是个可怜人。他没有工作，家里又穷，而且还有个爱唠叨的老婆索罗亚。索罗亚这个不懂体贴的女人，从来没给过她丈夫一刻安宁。从早到晚她都不停地唠叨，嘲笑萨里克的穷困，还为他们生活中每一件麻烦事责备他。

有一天，索罗亚说："萨里克，我再也不能忍受这种生活了，我要离婚！"

"请不要这样说，"萨里克恳求道，"我答应你，我很快就会找到一份工作的。给我一次机会，我一定能把你照顾得舒舒服服和快快乐乐的。"

"不，我已经下定决心要离开你了。我们现在就去见族长，好让他解除我们之间的婚约。"妻子坚定地回答说。

无论如何，萨里克是爱他妻子的，而且他不愿见到自己的婚姻破裂，所以他不肯和她一块儿去见族长。索罗亚便单独跑去见族长，并和他说了自己的要求。

"我现在还不能下结论,"族长说道,"你知道,要离婚,光因为穷这个理由是不够的。另外,离婚还得夫妻双方都同意才行。"

说完这些,族长就派了一个奴隶去叫萨里克,以便了解一下他的想法。

"你的妻子想和你离婚,"族长告诉萨里克说,"你有什么要说的吗?"

"大人,"萨里克谦恭地说,"我反对离婚。我深爱我的妻子,而且正竭力使我们的生活过得更好一些。我只是运气不大好而已。可以再给我一次机会吗?"

族长的心偏向了萨里克,尤其是见萨里克如此谦恭,便不同意他们离婚。为了安抚索罗亚的情绪,他给了萨里克两比索,让他去为妻子买件新衣服。

回到家后,萨里克对索罗亚说他将遵族长之命去商店为她买衣服。索罗亚的心这才稍稍得到了一点满足。

萨里克去的商店拥挤得很,人们排着长队等着买东西。就在排队等候的时候,萨里克注意到其中一个人带的孩子正在哇哇大哭。他关心地走过去,礼貌地问孩子怎么了。

"孩子肚子饿了,可我没钱给她买吃的。我们都有两天没吃饭了。"那个人回答说。

萨里克心地非常善良,他觉得自己要是站在旁边看着孩子哭却什么也不干,那就对不起自己的良心。于是他做了他认为最理所当然的事：把那两个比索给了孩子的父亲。

"来，把这钱拿去买点吃的。"萨里克说。

"太谢谢您了！"那个人说，"安拉一定会回报您的慷慨的。"

由于把手中仅有的钱给了别人，萨里克只好空着手回家，心里一直在担心索罗亚会大发雷霆。不出所料，索罗亚知道了这件事情后，气得尖叫起来。她怒气冲冲地跑到族长那儿，把萨里克做的事情说了一遍。萨里克又被叫到族长那里。

"你现在明白我丈夫有多么傻了。我再也不能和他一块儿过了，请让我们离婚吧。"索罗亚说。

"你知道没有你丈夫的同意是不能离婚的。"族长说。他转过身对萨里克说："我再给你一次机会。来，把这三比索拿去，到那家商店去给你妻子买件衣服吧。"

萨里克到了那家商店时，看见有两个人在吵架。其中的一个正痛骂着另一个，因为那人欠了他的钱却一个子儿也还不了。欠债者则坐在墙角任凭债主数落。

"可怜人啊，"萨里克想，"他怎么能因为几比索就允许自己被这样辱骂呢？"

萨里克走近债主问道："如果我还掉他欠你的一部分钱，你可以让这个可怜的人离开吗？"

考虑到有几比索总比什么也没有的好，债主抓起萨里克给的钱就匆匆走出了店门。

"我该怎么感谢你呢?"欠债者感激地说,"只有安拉才能回报你的善心了。"

萨里克又一次空着手回家了。

索罗亚在等着萨里克回来时,一直在想着萨里克会给她带回来什么样的衣服。所以当她看见丈夫再一次空手回来的时候,她认为自己已经受够了丈夫的愚蠢,便收拾了属于自己的东西,永远地离开了萨里克。

萨里克很是为自己的命运悲叹,当然,这都是他自己一手造成的。他看着这空荡荡的屋子,心中充满了失望和沮丧。他走出家门,漫无目的地走着。过了一会儿,他发现自己来到了邻镇的市场上。摆在那儿的成包的布料引起了他的兴趣,他就去打听它们的价钱。结果让他吃惊的是,那些布的价格都过高了,他就把情况告诉了那些店主。

"我来的那个地方,"萨里克说,"布料的价钱要低多了。"

萨里克的话对很多店主来说都是个好消息。他们围住他并提议说:"如果是真的话,你为什么不当我们的采购员呢?"

店主的头头拉囊觉得萨里克是个老实人,便给了他一大笔钱,委托他到那个地方去采购大批的布料。

回到原来的镇上后,萨里克的好心又一次打败了他。他没有去买布料,反而把那些商人的钱散发给了穷人和急需用钱的人。这些接受了萨里克的慷慨馈赠的人将他赞美到了极点,说只有安拉才能回报他的好心。

关于萨里克的善心的事传到了国王那里。这个国王以为他不仅是个真正的好心人，而且还是个有钱人，这正是他要为女儿白萨黎珂寻找的那种人。

于是，国王就命令把萨里克带到皇宫，并在适当的时候来见他。到此为止，萨里克依然一文不名，而且他就在这样的情况下去见了国王。

在谈话的过程中，国王问到了萨里克的生活状况。萨里克将他如何失去了自己的妻子和钱是从哪儿来的等等，原原本本地告诉了国王。但是国王不相信萨里克的话。他坚信萨里克是过于谦虚而不愿吹嘘自己的财富。

"你将和我女儿结婚。"国王命令萨里克。尽管萨里克很吃惊，但除了遵命之外，他别无选择。

结婚过了几天，国王发现萨里克真的是个穷人。但他希望自己没有选错女婿，他教白萨黎珂去进一步弄清萨里克的家底。

萨里克只好重述他的确是个穷人。白萨黎珂终于相信了萨里克讲的是实话，她怒不可遏，把他赶出了皇宫。萨里克只能悲伤地离去。

萨里克又一次任凭他的双脚带着他走，他路过了一块农田，那儿有个老大爷正在犁地。

"你好，老人家，"萨里克喊道，"我走了几个钟头了，你能给我点水喝吗?"

老大爷看了一眼萨里克憔悴的脸,立刻就同情他了。他说:"你在这儿等会儿,我给你取水去。"老大爷回到家,叫他妻子为这个可怜的过路人准备些饭。

老大爷走后,萨里克就代他继续犁地。才犁了不远,萨里克就看见翻过的土块上有个东西在闪闪发光,原来是枚戒指。他刚捡起来想仔细瞧瞧,忽然听见戒指在对他说话。

"不要怕,萨里克,"戒指说,"我归你所有是安拉的意愿。安拉知道了你所有的事,并让我到这儿来帮你解决困难。"

于是萨里克把这枚珍贵的戒指放进了口袋。

接着,老大爷带着给萨里克的饭和水回来了。他很感谢萨里克在他离开时还继续帮他犁地,萨里克则回谢了他的饭和水。

随后萨里克又开始了他毫无目的的旅程。在路上,他想起了那枚戒指,不知它会怎样帮他解决那成堆的困难。他掏出那枚戒指,温和地请它把他失去的和应该还给别人的东西变出来。一会儿,大批的布料、钱和仆人们出现在他面前。

萨里克跪下来感谢安拉的恩赐。现在,他终于有办法重新做他没能做到的事情了。

他首先命令仆人们把一些布料送到那些曾经拿钱委托他采购的商人那里,然后叫仆人把剩下的布料和钱给他的妻子白萨黎珂送去。

仆人们把布料送到了拉囊那儿,拉囊告诉同伴说萨里克的确值得信任。从那儿再起程,仆人们又把剩余的布料和钱送到皇宫。这时国王和他的女儿已经为他们以前对待萨里克的方式感到后悔了。

实际上,国王和白萨黎珂一直在寻找萨里克以求得他的原谅,并请他重回皇宫,他们请仆人们转告他们的愿望。一听到这个消息,萨里克急忙赶回了皇宫。

萨里克没有忘记感谢安拉,因为是安拉送给他这枚神奇的戒指并带给他那些财富的。

从那以后,谦恭的好心人萨里克和妻子及岳父过着快乐的生活。而自从发现他是一个如此善良的人之后,他的岳父也对他很好了。

拉瑙湖的传说

很久以前，在拉瑙这个地方并没有湖泊，只有一个叫蒙达蒂里的苏丹王国。在苏丹阿达拉（尹达巴察的曾祖父，传说中拉瑙地区的穆斯林英雄）统治期间，蒙达蒂里通过军事征服和王室联姻的手段不断扩展疆土，逐渐成为远近闻名的强国。

蒙达蒂里王国的人口本来就多，且数量与日俱增。在蒙达蒂里王国逐渐强大的时候，世界分成两大区域：东边的瑟巴干和西边的色得邦。蒙达蒂里苏丹王国就属于瑟巴干，因为这个苏丹王国力量和人口的迅猛增长，瑟巴干和色得邦力量的均衡被破坏了。

这种失衡很快就引起了天神笛跋瑞的注意。他飞到天堂对安拉说："我的主啊，您为什么允许地球上有不平衡发生呢？由于蒙达蒂里王国的力量在迅速地强大，瑟巴干的力量现在已经超过了色得邦的力量。"

"这有什么关系呢？"真主问道，"难道这也算是问题吗？"

"我的主啊，蒙达蒂里人口众多，多得就像沙滩上的沙子一样。

如果我们让这个王国继续在瑟巴干存在下去的话，我担心世界就会被闹得天翻地覆，这种失衡必将造成灾难。仁慈的主啊，为了避免这个问题，请您想个办法吧。"

"你的话很有道理，笛跋瑞。"真主说道。

"我的主啊，我们应如何避免即将发生的惨剧？"

对于这个问题，真主回答道："快去地下七层和天上七层，召集所有的天使。我会制造一次日食，让那些天使趁着黑暗把蒙达蒂里搬到地球其他地方去。"

得到真主安拉的命令，笛跋瑞迅速召集了所有的天使。在这支威严军队的簇拥下，他来到真主安拉面前说："我的主啊，我们已经准备好了，请指示吧！"

真主安拉说："到瑟巴干去，把蒙达蒂里王国搬到地球的其他地方去。"

笛跋瑞带领着他的军队，向东方飞去。一眨眼的工夫，太阳隐去了，可怕的黑暗笼罩了整个宇宙。那些天使健步如飞。他们降落在蒙达蒂里王国的土地上，小心翼翼地将它连同上面的人、房屋、庄稼、牲畜一起举起来，像举一块地毯一样，带到地球的中央。蒙达蒂里被挪走后留下的一大块地方变成了一个巨大的、碧波荡漾的湖——也就是现在的拉瑙湖。

从地球深处涌上来的水越涨越高。笛跋瑞立即赶到天堂向真主安拉报告说："我的主啊，地球现在已恢复了平衡。但我们挪走蒙达蒂里的地方变成了一个湖,水越涨越高。如果我们不尽快挖出一条排水沟,我担心色得邦就会被淹没,那里所有的人都会被淹死。"

真主安拉回答说:"笛跋瑞,你说得有理。现在,你出去传召四个风神,命令他们吹出一个排水沟,让多余的水从排水沟里流走。"

得到主人的命令,这个忠诚的信使找到四个风神,说:"根据真主安拉的旨意,你们要尽最大努力在新形成的湖上吹出一个排水沟来。"

四个风神用力一吹,大风从东边吹了起来,湍急的水流朝着东南方向涌向提克海岸。但高耸的山脉阻碍了水流,四个风神竭尽全力,滔天巨浪冲到大山前又退了回来,不管怎样用劲,就是无法在山上弄出一个缺口来。

四个风神换了个方向,朝着东面,更加用力地吹,使水流朝向顺达海岸,想要在东边找出一条排水沟。可是他们的尝试又失败了,因为那个海岸离得太远了。

四个风神又换了个方向,使出浑身解数用力吹。波涛翻滚,涌向美拉利海岸。不管白天黑夜,风呼呼地吹着,湖水拍击着美拉利海岸。这次终于成功了,一个叫作阿吉纳的出口终于出现了,拉瑙湖水通过这个出口注入大海。在出口处有一个悬崖,水流从那儿飞溅下来,从此,那里出现了一条美丽的小瀑布。

寡妇的儿子

在村子边上有一座小房子，一个寡妇和她唯一的儿子在这里相依为命，但生活得很幸福。儿子非常孝敬母亲，他们靠在山腰的空地上种稻子和在森林里打野猪来维持生活。

一天晚上，男孩看到米缸快见底了，说：

"妈，我明早要去打野猪，您在天亮前给我准备些饭。"

寡妇早早地起床，煮好了饭。天一亮，男孩吃完饭，带上矛和狗出发了。

走出村庄有一段距离了，他进入一片浓密的森林里。他不停地走着，边走边寻找猎物，但是什么也没找到。他走了很远，天气越来越热，于是他坐在一块石头上想要休息，拿出装槟榔的盒子。他把槟榔用蒌叶包好放进嘴里嚼，边嚼边想为什么今天这么不顺利。正在这时，猎狗开始狂吠，他三下两下把槟榔扔进嘴里，便跳起来跑向猎狗。

他走近一看，是一头体型健壮的猪，猪身呈黑色，四蹄全白。

他举起矛瞄准，还没来得及掷过去，猪就跑了，并且它不往河道方向跑，而是径直进山了。男孩穷追不舍，猪停下来他就瞄准，投掷之前猪又逃跑了。

那猪停下六次，男孩一瞄准，猪就又开始跑。然而到了第七次，猪停在一块平坦的大石头上，男孩成功地猎杀了它。

他把猪腿用藤条捆好，背在背上，正要往家走，突然大石头轰隆隆打开了，这时一个男人走出来。

"你为什么杀了我主人的猪?"那人问。

"我不知道这猪有主人，"寡妇的儿子回答，"我像往常一样打猎，猎狗发现了猪，我就杀死了它。"

"进来见见我的主人吧。"那人说。于是男孩跟随男人进到大石中，发现里面是一个大房间，屋顶和地板都用七条红黄相间的宽纹布覆盖。主人穿戴的是七彩的裤子、衣服和头巾。

主人呈上槟榔，与客人一同嚼槟榔。后又拿出酒，酒坛太大只能放在地上，坛口离地太高，就给男孩一把椅子，让他站在椅子上用芦苇秆儿喝。男孩喝了七杯酒，享用了大鱼大肉，又和主人一起谈天说地。

主人没有责怪男孩杀了那头猪，并说愿意和他结为兄弟。男孩和那主人成了朋友，在石室中住了七天。最后男孩说他必须回去了，母亲会担心他的。他一大早离开了这间奇怪的屋子，返程回家。

一开始他走得很轻快,后来,他越走越慢,太阳升到头顶时,他在一块石头上坐了下来,稍作休息。突然他抬头一看,眼前出现了七个人,每个人都装备了剑矛、手持盾牌。他们穿着不同颜色的衣服,每个人的眼睛有着与自己的衣服一样的颜色。衣服和眼睛全是红色的首领最先发话,问男孩他要去哪里。男孩回答他要回家,母亲一定在找他,并补充道:

"现在轮到我了,你们全副武装要去哪里?"

"我们是战士。"红色男人回答,"我们走遍世界杀掉所有我们看见的有生命的东西。我们看见了你,所以我们要杀了你。"

男孩被这一番奇怪的言论吓了一跳,正要回答,他听到耳边一个声音说:"快还击,否则他们会杀了你的。"他抬起头便看到自己落在家里的矛、盾和剑。他知道这个命令来自于一位神。因此他拿起武器开始战斗。他们大战三天三夜,这七个人从未遇见过如此勇敢的人。第四天,首领受伤死了,之后一个接一个,都倒下了。

寡妇的儿子杀了所有人,开始发狂,不再想回家的事了,而是想要更多的杀戮。

他四处乱闯,来到了一个巨人的门口,屋里全是俘虏,他便在门外叫喊:

"主人在家吗? 如果在,让他出来,我们打一架。"

这句话惹怒了巨人,他拿起盾和用树干做的矛,冲到门口。巨人四下张望寻找他的对手,却只看到寡妇的儿子,大吼:

"想打架的是谁？是那东西？只不过是一只苍蝇而已！"

男孩没有作声，拿着刀子冲向巨人，与他大战三天三夜直到巨人腰部受伤倒下。

寡妇的儿子把巨人的房子烧了，然后就跑去寻找其他能杀的人。突然他又听到之前命令他战斗的那个声音，这一次他说："回家吧，你母亲正因你而伤心。"神让他睡了一小会。

神又一次出现，说："你杀掉的那七个人是大石神派来杀你的，因为他看了你的手心，知道你会娶他想娶的女人。但是你胜利了。你的敌人死了。现在回家，准备足量的美酒，我要复活你的敌人了，你们会相安无事的。"

寡妇的儿子回到家，他的母亲非常高兴。镇上所有人都来庆祝。他一边讲述他的故事，一边与人们举杯畅饮。

当晚野兽、石神、七个战士、那位友好的神和巨人都到了男孩家中。寡妇的儿子娶了一个漂亮的女人，石神娶了另一个漂亮的女孩。

独腿伊萨和短腿杜阿的故事

布拉旺国的国王不幸英年早逝,结果治理国家的大事就落到了两个小王子的身上。然而,两个王子毕竟年纪太小,尽管贵为王子,而且注定要成为统治一国的国王,可是他们和普通的小孩子没有多大区别。他们喜欢做游戏,喜欢所有同龄的男孩着迷的那一套,比方说捉鸟呀,赛跑呀。所以,你可以想象,他们哪里耐得下性子去和那些哼哼哈哈的大臣商讨什么国家大事呀。还好,王国在先王治理的时候就已经很强盛了,人民也都安居乐业,恪守本分,另外又有可敬的王后——也就是两个小王子的母亲——作为王子的监护人。在两位王子长大成人、认识到国王的责任并且具备国王应有的智慧和力量之前,她都将尽心竭力地为王国和他们未来的统治者——伊萨和杜阿分忧。

如果非要说这两兄弟有什么与众不同的地方,那就是他们长得比较奇怪,另外,他们比一般的兄弟更加相亲相爱。兄弟俩中,伊萨只有一条腿,所以取名叫"独腿伊萨";另一个两条腿特别短,所以叫"短腿杜阿"。虽然有先天的生理缺陷，但是他们在王宫里的日子还是过得无忧无虑，十分快活。

现在，伊萨比以前更加开心，王国里最好的木匠刚刚为他精心制作一条木腿。小伊萨迫不及待地装上它，高兴地发现这条腿好用极了，有了它，伊萨几乎可以和正常的孩子行动一样敏捷，只要他不快跑，没有人会相信他的一条腿竟然是木头做的。

这天下午，两个小王子又和往常一样在宫中的空地上玩耍。这一回，他们打算做个吹箭筒或吹矢枪之类的东西，把鸟儿打下来。他们在玩的时候经常有许许多多的鸟儿飞过来，有的甚至很大胆地飞到离他们很近的地方，让他俩以为伸手可得。可是，当他们扑上去的时候，这些顽皮的鸟儿一拍翅膀就逃走了。兄弟俩让它们惹得心里直痒痒。这不，伊萨做了一个吹箭筒，他兴冲冲地让他的兄弟杜阿看。他恨不得现在就试一下自己的手艺和准头呢。

其实，杜阿自己也巴不得马上就能逮到一只鸟呢，他对伊萨说："好啊，我们这就到那边树林里去，看看能逮到什么好玩的鸟儿。"

兄弟俩开始飞快地跑。突然，他们想起如果他们不准时回家的话，王后会很担心的。于是，他俩返回家，把他们的打算禀告了王后。王后一直都很宠爱自己的两个孩子，她同意了他俩的请求，但是叮嘱他们要按时回来，她还会像往常一样等他们回来吃饭。

兄弟俩这才又高高兴兴地去逮鸟。他们来到了树林里，可是让他们目瞪口呆的事发生了,这里静悄悄的,哪里有什么鸟的影子?

"真奇怪,太不可思议了!"兄弟俩异口同声地说。

伊萨扫兴极了。"你说那些鸟都上哪去了呢?怎么突然就没影了呢?连根鸟毛也找不到了。看来,我们只有空着手回去了。"说着,一向欢快的伊萨长长地叹了口气。

杜阿不忍心看到兄弟这么难过,连忙安慰说:"别难过,我亲爱的兄弟,说不定它们飞到林子里面去了,我们进去看看能不能找到。"

看到杜阿胸有成竹的样子,伊萨又有了希望。于是,一对好兄弟一起向森林深处走去。

碰见了魔鸟

兄弟俩走进了密林深处,走啊走,心里七上八下的,不知道前面会出现什么。放眼望去,只有密密匝匝、纵横交错的枝条,看不见一根鸟毛。一切都笼罩在一片静谧之中,他俩竖起耳朵仔细听,还是听不见一声鸟叫。最后,他们走到了一棵树冠像一把巨伞的大树下。顺着参天的树干看上去,兄弟俩被眼前的景象惊呆了。枝条上蹲着一只小鸟,它的羽毛绚丽无比,阳光正透过树梢照射下来,把它的一身华丽的羽毛映得五彩缤纷,令人目眩。这时,兄弟俩听到了这只神奇的鸟儿的婉转绝伦的歌声。

两个男孩子呆呆地站在树下，好像被催眠了似的。它的歌声是如此动听，他俩完全陶醉了，好久，他们都好像在梦境中一般。那只鸟看见兄弟俩如痴如醉的样子，得意极了。它开始用优美的调子唱起来。这回兄弟俩听懂了，它是用唱歌取笑他们。它是这么唱的：

王子年轻又潇洒，
我的魔力也很大，
劝你快快来抓我，
免得后悔又难过。
要能吃了我的肝，
保你身体最强健。
要能吃了我的胗，
啥事都能干得成。
劝你快快来抓我，
……

两个男孩子有点儿神魂颠倒。这时候，只要能让他们得到这只魔鸟，让他们做什么都会心甘情愿。他们跟着那只鸟跑啊跑，眼看着那只鸟儿从这棵树飞到那棵树，从这个枝头飞到那个枝头。

伊萨的腿跑起来不如杜阿的那么灵便。坚持着跑了一段,他发觉这样做根本无济于事,于是他有了一个妙计。他让杜阿继续追赶,然后停下,装作入迷的样子,而自己则躲在隐蔽的地方,相机而动。那只刁钻的鸟儿果然中计了。看到杜阿呆若木鸡的样子,它停下来,落在一棵大树上,又开始唱同样的歌戏弄杜阿。就在它得意忘形的时候,伊萨用自己做的吹箭射中了它的右翅,分毫不差。乐极生悲的魔鸟对突如其来的变化浑然不觉,它急忙振动双翅,向高处飞去。然而已经迟了,右翅丝毫不听它的使唤。结果,它在空中盘旋了一圈,就从天上直直地栽了下来。

就这样,机智的兄弟俩捉到了魔鸟。他们想母后知道了一定会很高兴的。想到这里,他们回家的念头更加迫切,一路飞跑着到了家。果然,母亲见了鸟儿高兴极了,她笑逐颜开,对两个儿子说:"哦,原来我的两个孩子都已经是难得的好猎手了。你们都长大了,妈妈为有你们而骄傲。"母亲的话成了对孩子们最高的奖赏。

捉住魔鸟的消息不胫而走,关于魔鸟的魔力的传闻层出不穷。很快地,有越来越多的人闻讯前来观赏。看到魔鸟五彩斑斓的羽毛、鲜红的鸟冠子,人们赞叹不绝。还有一些人愿意出五百比索买下它,尽管这在当时是一个大数目,兄弟俩还是婉言谢绝了。

拉西德的诡计

年复一年,两个男孩子都已经长成了潇洒健壮的小伙子。这时候关于魔鸟的传言已经飞到了其他王国。拉西德国王听说了魔鸟的神奇力量以后,顿时生了贪心。他决定不择手段把魔鸟攫为己有。他精心策划了一个阴谋。这一天,他装扮成一个穷苦潦倒的乞丐,来到了两兄弟的王国。拉西德乞求两位年轻的国王为他提供一份可以糊口的工作。他骗人的手段如此高明,善良的兄弟俩没有丝毫的怀疑。他们慷慨地满足了他的要求,留他在宫里干活。于是,拉西德成了宫里最出色的伙计,宫里上上下下一致认为他是一个吃苦耐劳、品行端正的好人。

这天,拉西德的机会来了。趁两位王子出去打猎的空子,他把那只无人看管的鸟儿从笼子里抓出来一把掐死,然后剪去它的美丽鸟冠,用煤屑和着油把它染得和乌鸦一样黑,凭谁也认不出这只鸟就是那个曾让那么多人倾倒的魔鸟。确信万无一失的时候,他才把死鸟交给一个女佣,让她给他做熟了。吩咐完以后,他得意扬扬地到河边去了。拉西德走后,那个女佣按照他的吩咐烹饪那只鸟儿。这个女佣根本就不知道应该怎么对付这只死鸟,最后她去找王后帮忙。要知道,王后的厨艺之高超在王国里是出了名的。王后一向喜欢这种挑战性工作,她找到最好的调料把死鸟腌过了,施展她的烹调绝技,把这只鸟儿烧得恰到火候,散发出浓郁的香气,香味弥漫到了宫殿的每一个角落。等到出去打猎的两兄弟回来的时候,老远地他们就闻到了魔鸟的奇香。

"唔,真香啊!兄弟,你说妈妈给我们准备什么美餐啊?"其中一个说,他做梦也想不到自己的魔鸟已经成了盘中美餐。

"是呀,我们今天什么猎物都没打到,没想到妈妈居然为我们准备了这么好吃的东西。噢,我突然觉得饿极了。"另一个说。

说着,他们走进了厨房,发现了餐桌上的鸟肉,伊萨吃了鸟肝,杜阿则吃了鸟胗。他们一边吃一边赞不绝口,就这样,两个饥肠辘辘的年轻人风卷残云一般,把餐桌上的食物吃得一干二净。然后,两人觉得眼皮像被胶水粘住了似的——他们很快进入了梦乡,对身边的事一无所知。过了一会,仆人过来把他们抬到了床上。

拉西德从河边回来了,听说鸟儿被吃了,他气得肺都要炸了。他拿了一把刀,气急败坏地闯进厨房。可是没等他举刀伤害女佣和王后,他却突然间硬硬地向后倒去,像僵尸一样一动不动,原来拉西德死了。

吃人怪兽迪安迪

到了第三天,杜阿被一个可怕的声音惊醒了。他使劲地摇,想摇醒伊萨,可是好不容易等到伊萨张开了眼,他嘟哝了两声又睡过去了。杜阿没有办法,向窗外瞥去,这一看,可真的吓了一大跳:是吃人怪兽迪安迪!

咚,咚,像闷雷一样的脚步声一声声逼过来,杜阿睁大了眼睛……一个庞然大物像海龟一样背着房子似的东西走了过来,"房子"其实是一个巨大的壳甲。壳甲下面是迪安迪丑陋恐怖的嘴脸,它的眼睛像刀刃一样立在眼眶里,眼球就像两个硕大无比的皮球。糟糕的是,迪安迪发现了杜阿,它直直地朝着杜阿走过来,以一种和它笨重的身体极不相称的速度靠近了杜阿,迅雷不及掩耳地用前爪一把把杜阿举到半空中,打量了一下,然后把它塞进身下的褶皱里,转身离开——他没有发现伊萨,也没有人发现杜阿被掳走了。伊萨还在熟睡着,而王国里的其他人都去避难了。杜阿心想,他得想办法让兄弟知道自己的下落。他知道,只要有一点儿蛛丝马迹,伊萨就会想方设法找到自己。想到这里,杜阿把自己的衣服撕成碎片,一路撒着,等到已经没有衣服碎片可撒的时候,他把父亲留下的剑(他一直随身携带着,但是没有力气用它)的剑鞘掰成一块块,撒了一路。

又过了四天,伊萨终于从睡梦中醒过来了。王宫里一片死寂,除了他,一个人也没有。他顺着地上凌乱的脚印走啊走,可是什么都没有发现,杜阿丢的衣服碎片早被风吹跑了。就在他快要心灰意冷的时候,一个闪闪发光的东西吸引了他的视线。一个金块!他认出了上面有杜阿佩带的剑鞘上的花纹。伊萨欣喜若狂,他一路走下去,憧憬着能找到自己的兄弟。他仔仔细细地搜寻,终于在路的尽头又找到了一个金块。他拾起来,继续寻找。

卡巴扬的好心相助

伊萨看见远处有一间小木屋。他走过去在门上砰砰敲了两下,一阵轻轻的脚步声后,门开了,小屋的主人,一位慈眉善目的妇人出现了。人们都叫她卡巴扬。很长时间以来,她都是一个人住着,没有人做伴。卡巴扬已经好久没有客人了,所以当她看见来人是一个容貌清秀、气度高贵的年轻人时,她显得十分高兴。她邀请伊萨进去,拿她最好的东西给伊萨吃,又让他在自己的床上睡觉休息。她越来越喜欢这个年轻人了,觉得他像自己的亲生儿子那么可爱。她舍不得让他走,于是就劝他先待在这儿。伊萨答应了,这一住就是好几个月。

一天下午,伊萨第一次听到了闹哄哄的声音,他十分好奇,因为这儿一向很宁静。他向卡巴扬打听,卡巴扬吞吞吐吐地告诉他那是市场。卡巴扬劝他不要去,因为他是外乡人,说不定会碰到什么麻烦。伊萨更加好奇,央求卡巴扬让他去看看,向她保证自己一定会小心的。卡巴扬被磨得没办法,就答应了,但还是忘不了叮咛几句。

就这样,伊萨离开了卡巴扬的家,到了市场。市场果真热闹非凡。形形色色的人往来穿梭,叫卖声和讨价还价声不绝于耳。伊萨在里面逛来逛去,什么他都觉得新鲜。后来,他发现肚子开始咕咕直叫唤,于是开始四处找吃的。最后他找到了一种米糕,又黏又香,那香味甭提有多诱人了。伊萨忍不住走上前去,买了一些。因为除了杜阿丢下的金块以外,他的口袋里空空如也,所以,他随手交给卖糕的妇人一个金块,高高兴兴地回去了。

伊萨走后不久,一个叫古辜的人过来了,他拿了一块米糕,然后掏出一枚硬币递给卖糕的妇人。叫他惊讶的是,他竟然被拒绝了,那个糊涂女人居然向他要金子。

"你疯了吗?傻瓜才会拿金子买你的米糕呢!你想得倒美,让我给你金子!"他叫道。

"你才疯了呢。刚才就有一个小伙子用一块金子买了我一块米糕呢,不信睁大你的眼睛瞧一瞧!"妇人生气了,提高嗓门说。

古辜顿时哑口无言,任谁都能看出妇人手里的金子是千真万确的。他追问妇人那个小伙子去哪里了,可是两人都没有找到伊萨的影子。古辜想道:"我得去禀报国王。"想到这,他急匆匆离开了。

陀螺惹祸

几天以后,伊萨又来到了集市。这一回,他看见了几个年轻人正在玩陀螺。伊萨走上去问他们,是否愿意让他加入。可是除了一个小伙子外,没有人理睬他。他告诉伊萨,只要他有自己的陀螺,就可以随时和他们玩。伊萨没有陀螺,也没有一分钱。但是,得到了他们的同意,他还是很高兴。他没费多大事就找到了一个金匠。伊萨给了金匠一块金子,让他给自己做陀螺,又把另一块给他做了报酬。过了一会儿,伊萨带着自己的金陀螺兴冲冲地回到了那儿。

可是,还是没有人搭理他,他们都还以为他没有陀螺。伊萨看见刚才和他说话的那个年轻人现在好像累了,于是走过去说:"你好,朋友,我有了一个新陀螺,很想和其他人比试比试,如果你累的话,我可以补你的位置吗?"

"当然,"年轻人说,"我确实有些累了,你去吧。"伊萨很感激他,就把自己的金陀螺给了他,自己拿了他的木陀螺。他们玩得很不错。过了好一阵,伊萨觉得累了,又担心卡巴扬挂念,就离开他们回家去了。

伊萨走了,那个小伙子才吃惊地发现伊萨送给自己的陀螺是金子做的。他忍不住叫出声来:"天,这是个金陀螺呀!他的父母一定是有钱有势的人,要是他们找上门来,我可就惨了!"

其他人听到他这么说,纷纷围了过来。见到了金陀螺,他们一个个见钱眼开,拼命抢夺,都想把它攫为己有。他们在那儿争得脸红脖子粗,扭成一团,打得不可开交,谁也不让谁,眼看着就要出人命了。

幸好，古辜从这儿路过。自从那次报告金子换米糕的事以后，他就成了国王的亲信，如今他在王国里很有威望。古辜看见一群年轻人在那儿打得死去活来，连忙大声说："你们这样打架斗殴，难道不怕失手杀了人吗？"

他的话让这伙财迷心窍的年轻人猛然清醒，他们惭愧得无地自容。于是，他们告诉古辜那个陌生人和他的金陀螺的事，又请古辜大人为他们评理。

"那还不简单，既然那个小伙子拿他的金陀螺和别人换了，那么它就该归和他交换的那个人。"这是古辜的裁决。争端解决了，可是这件事更使古辜确信这个陌生的年轻人大有来头。又一次，他把见闻报告了国王。

国王听了报告，也认为这件事不是那么简单，他说："那个人用贵重的金子换普通的米糕，又把他的金陀螺送给我的臣民，他在我的王国里惹了这么多事端。不行，我一定要想办法见见这个人。"

于是，他命令古辜和两个卫兵一起去把那个年轻人带来。他认为那个小伙子给他添的麻烦已经不少了，他可不愿意看着这个人再这样明目张胆地捣乱了。

古辜他们三个人现在开始满王国地找伊萨，他们忠心耿耿，什么角落也不愿意放过。这天，他们找到了卡巴扬的小屋。

他们告诉卡巴扬，自己正在找一个年轻人，和她讲了那个年轻人买米糕和换金陀螺的事,然后告诉卡巴扬,国王很想见见这个外乡人。

"可是,先生,"卡巴扬回答道,"我没有见过您说的那个人。您知道,我一个人在这儿住了好多年了,没有什么陌生人来过。不过,既然这个人这么重要,我知道了什么消息,一定先告诉您。"

古辜他们三人快快不乐地回去了,禀报了国王没有发现这个人。

古辜他们三个人走后,伊萨从藏身的褥子卷里钻出来。他已经决定不再麻烦卡巴扬了。他对卡巴扬说他该走了,他要继续找他的兄弟去了。他说:"如果我命运足够好的话,我一定会回来的,到时候我会永远陪在您身边,亲爱的妈妈。"

善良的卡巴扬老泪纵横。伊萨走了,她还呆呆地站在那儿。相处了这么久,卡巴扬已经像爱自己的孩子一样深爱着伊萨。

乌鸦的对话

伊萨又上路找他兄弟去了。他走啊走,又累又饿,到了一棵大树下,他坐下来,开始吃卡巴扬为他准备的干粮,顺便歇一会儿。很快,疲惫不堪的伊萨就开始打盹儿了。怪事发生了。他隐隐约约觉得好像有人在说话,可是当他向四周看时又一个人影也看不见。伊萨揉了揉眼,不知道究竟是怎么回事。他无意识地抬头往树上一瞧，这下可把他吓了一大跳——说话的居然是两只乌鸦！

乌鸦的谈话还在继续。只听一只乌鸦说："这个睡觉的年轻人身下的树皮有魔力，如果他能给自己剥一些带在身边，他就会有魔力。"

"没错。"另一只乌鸦附和道。

"可惜这个年轻人不可能知道这个秘密，他听不到我们说的话，而且即使听到了也不会听得懂。"

说完，它们拍着翅膀捕食去了。

"真奇怪，"伊萨纳闷儿，"我怎么会听懂鸟语呢？究竟是怎么回事呢？对了，一定是因为我吃了魔鸟的肝。"他想起了从前发生的事，恍然大悟。于是，他站起来割了一些树皮，装进他的包里，继续赶路。

前面有一条河拦住了他的去路。然而就在他踩进水里准备游过去的时候，他惊异地发现自己居然能在水上走。"一定是树皮的魔力！"他不禁大声叫道。更加不可思议的是，河里明明波涛汹涌，他脚边却风平浪静。这时，伊萨看见有一条小船正向这边驶来，他急忙向小船走过去。无巧不成书，船上坐着的正是四处寻找伊萨的古辜和两个卫兵，他们目瞪口呆地看着伊萨在水中如履平地一般走到了他们跟前。三人给吓得魂飞魄散，不等伊萨问，他们就主动告诉伊萨他们的差事。

古辜先开口了，说："我们正在找国王的兄弟，他们已经失散了很长时间了，现在国王让我们想尽一切办法帮他找到他的好兄弟。"

卫兵接着说："我们还在找另外一个人，他到处乱花自己的金子，在王国里惹是生非。国王命令我们把他带回去。"接着，他解释说，三年前他们的国王被一个怪物掳走，杳无音讯，有一天来了一个强壮的年轻人，杀死了那个肆虐的怪兽。老百姓们为了表达他们的感激之情，拥戴这个年轻人为自己的国王。从此以后，这个年轻人就成了现在的国王。伊萨觉得他们现在的国王很可能就是杜阿——他失散了很久的兄弟。他跟他们说了自己的猜想，请他们帮忙带自己去见那个国王。

安拉赐福伊萨

于是，三个人一起向王宫走去。他们经过一个地方，看到一群人围在一起，为一艘船争吵不休。这只船会飞，有了它就可以轻而易举地到自己想去的任何地方。因为伊萨看上去又聪明又和气，人们就邀请他来裁决船的归属。伊萨认真考虑了一会儿，说："想得到这只船的人请站到这儿来，我会让船飞到大家头顶上方，先够到船的那个人就是它的主人。"人们认为这很公平，都欣然同意。果然，船听了他的话，便飞到了人们头顶。那些人一窝蜂地拥上去，他们推来挤去，使劲跳，有的甚至爬到别人身上去够，可是谁也够不着。接着奇怪的事发生了,船飞到了伊萨的上方,毫不费力地,伊萨成了船的主人。每个人都心服口服。

他们接着往前走,碰见了一群人正在争一把古剑。又一次,伊萨应邀进行裁决,他于是想了一个公允的办法,这时他的魔力又显灵了,宝剑飞到了他的手里。

在另一个地方,相似的情景再次发生,他又得到了一套珍贵的嫁妆。虽然他有些不好意思,但是在真主的赐福下,他成了这些宝物的无可挑剔的主人。古辜和两个卫兵都为这位新朋友高兴,现在他们越发相信伊萨就是国王的兄弟了,并且他们都在急切盼望伊萨兄弟团聚的那一天赶紧到来。

尾　声

在见杜阿之前,伊萨还有一件要紧的事要办。他让古辜他们先走,说自己要去履行一个诺言,这当然就是他和卡巴扬的约定了。载着一船的财宝,他驾着船向卡巴扬的小屋飞去。到了目的地,他让船降落在卡巴扬屋后的空地上。

"你回来了,我的孩子!"卡巴扬含着眼泪拥抱了他,"我以为不能活着见到你回来了呢,感谢仁慈的安拉!"

"我答应过您的,我亲爱的妈妈。"伊萨在卡巴扬的耳边说,"现在我是个有钱人了。从此以后,我再也不让您受苦了,我会让您过舒服日子。我们还要一起去找我的兄弟,他是这里的国王。"

完成了这个心愿,伊萨开始为自己的将来做打算:他想娶一个能和他相濡以沫、长相厮守的好妻子。他问卡巴扬是否知道这样的女子。卡巴扬一个人住得太久了,她只知道最近国王打猎时救了一个非常美丽的姑娘,并把她认作义妹,带回了王宫。卡巴扬建议伊萨去向那位美丽的公主求婚。

伊萨驾着船,一眨眼就到了公主的闺房。"你是什么人?"公主大惊失色,"你竟敢闯进我的屋子,我的哥哥不会饶过你的!"不等伊萨反应过来,她开始尖声大叫,想要逃走。伊萨急忙拦住她,伸手捂住她的嘴。可是已经晚了,宫里的卫兵听见了喊叫声,迅速赶过来,国王也闻讯而至。看样子,伊萨是插翅也难飞了。

"年轻人,你不经允许就进入我的领土,我还没有来得及和你算账,现在你又胆大包天闯进公主的闺房。对你的这种无视法律的放肆行为,我看你还有什么可说的!"

国王挥了一下手,喝道:"卫兵,给我拿下他!"

走投无路的伊萨眼看性命难保,士兵们一个个剑拔弩张。情急之下,他开始施展自己的魔力。也不知道是从哪儿出来那么多马蜂,铺天盖地地向卫兵们冲上来,开始用毒针蜇他们的眼睛。可怜那些卫兵还来不及对付伊萨,就被叮得七倒八歪,他们的眼睛看不见了,一个个在那儿乱扑乱打,滚成一团,狼狈极了。奇怪的是,公主和国王却安然无恙。

最后,国王和伊萨决定单打独斗。就在他们要开始决斗的时候,伊萨不经意地转了一下身子。国王注意到了这个细节,他发现了伊萨的腿有一点点跛。他低下头盯着伊萨的腿仔细瞧,发现了伊萨的那条木腿。伊萨看着国王的反应这么异常,扭头向他看过去。在两人对望的一刹那,一种熟悉的感觉油然而生,童年的一幕幕在他们的脑海里闪现,终于,笑容爬上了两个人的面颊。伊萨认出了国王就是杜阿,杜阿也明白了这个不速之客原来就是他的兄弟伊萨。他俩张开双臂,拥抱在一起。

就在这时候,古辜风尘仆仆地赶到了。他们的到来使已经揭晓的事实看起来更加圆满。现在整个王国喜气洋洋,一连好几天,人们都载歌载舞,举杯欢庆,庆祝国王和他的兄弟终于团圆。

伊萨告诉杜阿他想娶公主,国王当然一口答应,并且为他们举行了一场盛况空前的婚礼。伊萨的义母卡巴扬和新婚夫妇住在一起,为他们照料着家务。

在另一个王国里,他们的母亲已经老了,她日夜思念自己的两个儿子,可是一点儿音信也没有。老王后几乎要绝望了,她担心自己活不到看着两个孩子回来的时候了。日子一天天过去,王后也越来越衰弱了。也许是安拉怜悯她,一天,两个年轻人带着他们可爱的妻子突然出现在王后的面前,他们都长得又高大又英俊,向王后微笑。王后真有点纳闷儿,可是,她分明听到这四个年轻人在叫"妈妈",他们围过来,把她紧紧地搂在怀里。王后惊喜交集,眼泪夺眶而出,喜悦的泪水冲走了郁积那么久的思念和悲伤。王后又恢复了健康,身体甚至比以前还要好。看到儿子的王国那么昌盛,孙子们一个个长得活泼健壮,她的后半生格外幸福。

这就是两兄弟的故事,它让我们记得,世界上曾经有这么一对失散的好兄弟,永远不放弃寻找,终于如愿以偿获得了团圆。

双 子 传 奇

在很久很久以前,世界上的人还很少。棉兰老岛上的许多地方都还没有开发,有些地方甚至连名字都没有。棉兰老岛上有一个国王,后人都不知道国王的名字叫什么,只知道国王有一个儿子叫苏拉伊曼。在那个充满传奇的年代里,每天都有不寻常的事情发生,只是谁都无法预料事情的结果会是怎样的。

有一天,一阵莫名其妙的大风把苏拉伊曼王子从王宫吹到了半空中。苏拉伊曼就随着风在空中飘啊飘啊,直到这阵风把他吹到了一个铁匠寡妇的家里。

铁匠寡妇把苏拉伊曼认作干儿子,并给他取名叫阿苏蓝,意思是"打铁的垫子"。原因是经常有人到打铁店里来打造刀具,在装好刀柄以后,为了使刀柄更牢一点,总需要拿刀柄在硬的东西上敲几下,人们总是开玩笑似的在苏拉伊曼的脑袋上敲几下。于是,苏拉伊曼就得到了这个名字。阿苏蓝当然不愿意就这样在打铁店里待一辈子,随着年龄的增长,阿苏蓝决定到外面去冒险。

阿苏蓝的由来

有一天,阿苏蓝来到一片大树林里,在一棵大树下休息,慢慢地进入了梦乡。过了一会儿,阿苏蓝看到眼前出现了一个老奶奶。

"傻孩子,"老奶奶说道,"你不知道自己是谁,有许多事情等着你去做呢。你注定要成为一个伟大的、受人尊敬的英雄。"

"老奶奶,我不知道您在说些什么。"阿苏蓝说。

"你的名字根本不叫阿苏蓝,你是苏拉伊曼王子。你的父母拥有非常神奇的力量,你也同样拥有神奇的力量。你想知道这种神奇的力量是什么样子的吗?那很容易。你看你眼前的这棵大树,你只要用你父母的力量就可以知道这棵大树到底是什么。"

老奶奶说完这些话就不见了。阿苏蓝醒来以后,眼前仍然浮现出老奶奶慈祥的面容,耳边仍然回响着老奶奶的话语。

"我一定要弄清楚老奶奶的话是什么意思。"阿苏蓝心想。他仔细地看了看身边的这棵大树,可是绕了几圈也看不出有什么不同的地方。于是,他默默地念道:"亲爱的父亲、母亲,无论你们现在在什么地方,请你们赐予我神奇的力量,让我看看这棵树到底是什么。"

树上的房子

阿苏蓝念完这句话以后,抬头一看,看到树上有一座美丽的房子。阿苏蓝一下子就相信了自己的父母具有神奇的魔力,明白了自己的身份是苏拉伊曼王子。苏拉伊曼看到树上的房子边上有一个梯子,便问道:"有人吗?请将梯子放下来好吗?"

没人搭理苏拉伊曼,可是他看到一张非常美丽的脸藏在半掩的窗户后面。那个美丽的女人看到苏拉伊曼这样一个陌生人,当然不敢把梯子放下来。苏拉伊曼已经被窗户后面那娇艳的容颜吸引了。"那一定是一个公主。"苏拉伊曼心想。他又一次默默地念道:"亲爱的父亲、母亲,请赐予我风,轻轻晃动树上的小屋。"

"救命啊!"公主在摇摇欲坠的房子里发出求救的叫声。

"不要害怕,亲爱的公主,"苏拉伊曼说道,"我上来救你。"他爬到树上的房子里,然后一手抱着树干,一手抱着公主,慢慢滑了下来。

回到地上,苏拉伊曼轻轻地安慰受惊的公主:"不用害怕,我叫苏拉伊曼,有我在这里,你会很安全的。我想你一定是个公主吧,你怎么会在这里呢?"

"如果不是你把我从牢房里救了出来,我一定会惩罚你对我的无礼。我叫普翠·丁邦·娜玛特。我被一阵奇怪的大风吹到这座树上的房子里。"公主被困在房子里好几天了,饱受着孤独和害怕,四周连一个人影都看不到,现在来了这么一个强壮英俊的男人,她当然很愿意向他诉说一下自己的委屈。她躺在苏拉伊曼的怀里,仿佛是一艘小船停靠在一个宁静的港湾。

苏拉伊曼和普翠公主谈得很投机,不知不觉已是夜幕降临。苏拉伊曼想送公主回家,可是公主连自己的宫殿在什么地方都不知道。苏拉伊曼又用自己父母的神奇的力量来解决这个难题,他先叫公主闭上眼睛。"亲爱的父亲、母亲,请把我和这位美丽的公主送到她的王宫里去吧。"苏拉伊曼嘴里念道。

等到苏拉伊曼和公主睁开眼睛的时候,他们已经不在树林里,而是站在王宫的花园里了。公主带着苏拉伊曼去见父亲。她父亲蒂帕图安几天来正为找不到公主而着急,没想到公主却和一个陌生的男子一起突然出现在眼前。惊喜之余,国王问普翠公主:

"这几天你到底跑哪去了?这个男人是谁?"

"爸爸,这个人叫苏拉伊曼,他是我的救命恩人。"公主把事情的前前后后原原本本地告诉父亲,并且告诉父亲自己已经爱上了苏拉伊曼。

如果这个世界上没有库达拉王子,那么普翠公主的归来和苏拉伊曼王子的到来应该是一个绝好的消息。库达拉王子是普翠公主以前的情人。他们本来已经准备结婚了,可是公主的突然失踪使婚事耽搁了下来。现在蒂帕图安国王犯愁了,他想来想去,还是派人告知库达拉王子公主回来的消息。

当苏拉伊曼王子得知公主已经有一个未婚夫以后,他也很难过,他不知道自己是应该就此离去,还是继续留在王宫里等待着和库达拉王子相见的尴尬场面。

决　　斗

库达拉王子赶到普翠公主的宫殿时,正好看到普翠公主坐在苏拉伊曼的腿上,拿着水果往苏拉伊曼王子的嘴里送。库达拉王子无法抑制心中的怒火,他拔出腰间的宝剑,向苏拉伊曼发出了决斗的挑战。苏拉伊曼觉得这是解决难题的最好办法,就接受了库达拉王子的挑战。

这是一场令人惊叹的决斗。苏拉伊曼王子和库达拉王子都是勇敢的战士,两个人都有神力的帮助,他们从高山打到平原,从树林打到河边,打得风云变色,草木含悲。普翠公主站在王宫的院子里,含着眼泪等待着两个王子你死我活的决斗结果。

最后,库达拉王子显得有些疲倦了,他只是稍稍放松了一下防备,苏拉伊曼的宝剑就架在他的脖子上了。库达拉突然升起一种万念俱灰的感觉,一阵不可抑制的失落和悲伤使库达拉王子啪的一声倒在了山脚下。

"天哪,你杀了我吧,我活着还有什么意思!"库达拉对苏拉伊曼说道。

"我不杀你,我不会杀一个不能自卫的对手。"苏拉伊曼说。

失败的痛苦

苏拉伊曼带着库达拉回到了蒂帕图安的王宫里,可是蒂帕图安国王并不觉得决斗的结果可以解决谁和普翠公主结婚的难题。"虽然苏拉伊曼在决斗中取得了胜利,可是库达拉还活着。在库达拉没有和别人结婚以前,我不想解除他和公主的婚约。"于是,苏拉伊曼就留在公主的王宫里,和自己心爱的人在一起,而库达拉则带着一颗破碎的心回到了自己的王宫。

库达拉一回到王宫就独自躲进房间里,一头栽倒在了床上,并且吩咐任何人都不要打扰他。王子在床上躺了一会儿,疲惫和痛苦使他慢慢进入了梦乡。睡梦中,王子听见母亲对自己说:"孩子,不要伤心,不要气馁。你命中注定会遇到一个美丽温柔的公主,她会把一块象征给你幸福的蒌叶块放进你的嘴里,她的柔情会抚平你心中的创伤。"

王子睡醒以后,清楚地记得梦中母亲说过的话。他立刻派人四处打听哪里有美丽温柔的公主。过了不久,一个士兵打听到有一个铜衣公主以其倾国倾城的容貌、温柔贤惠的品格闻名四方,而且这个铜衣公主正好是苏拉伊曼的妹妹。可是,铜衣公主有四个英勇善斗的卫兵,要想见公主就必须先打赢这四个卫兵。许多仰慕公主的人就被这四个卫兵挡在了门外。

"叫什么不好,叫铜衣公主。不过不管有多大的困难,我都要把铜衣公主弄到手。苏拉伊曼抢走了我心爱的人,我把他的妹妹弄到手,就算是对他的报复。"

铜衣公主

库达拉王子从士兵那里打听到了铜衣公主的住所,就夜以继日,一路跋山涉水去找公主。走了一个月,他来到铜衣公主宫殿的门口。

"你是什么人? 来这里干什么?"门口的四个卫兵问库达拉王子。

"我来找铜衣公主。"库达拉王子说道。

"我们是公主的卫兵,你要想见公主,就必须先打赢我们。"

库达拉看见四个卫兵的身上都穿着厚厚的铠甲,只有脖子和手脚露在外面。库达拉一下子就知道自己应该攻击卫兵的什么地方了。虽然四个卫兵十分勇猛,可是,库达拉王子凭借智慧和力量,没多久就把四个卫兵都打倒了。库达拉王子走进王宫,迎面看见一堵很高很高的墙,这堵墙是用岩石和铜块砌成的。库达拉看见这堵墙后,马上就明白了为什么她叫铜衣公主。这堵墙围成了一个圆,他绕了一周都没有找到门。于是,他就像苏拉伊曼王子那样念起了咒语:"亲爱的父亲、母亲,帮助我吧,用你们魔法的力量为我指路吧。"

轰的一声,铜墙裂开了一道缝,库达拉发现自己就站在大门的前面。库达拉从大门走了进去。公主的侍女看到库达拉走了进来,连忙跑去禀告公主。

"没关系,"公主说,"我倒是想看看能够打赢我的卫兵的人长得什么样子。"

侍女按照公主的吩咐,把库达拉王子领了进来。

"你到这里来干什么呢?"公主问道。

"我是来向您求婚的,亲爱的公主。"库达拉答道。

"什么?"库达拉王子的直率使公主吃了一惊。公主看到库达拉王子长得非常英俊,而且能够战胜门外的卫兵,能够找到越过铜墙的办法,勇气和智慧都是不同一般的,心中不禁暗暗喜欢。"只有你能经受住我对你的考验,我才能考虑你的求婚。我把戒指扔进大海,你要是能够把它找回来,我就答应你的求婚。"

"只要您高兴,亲爱的公主,我愿意到世界的任何一个角落去为您寻找您的戒指。"库达拉说道。

屠　　龙

　　库达拉来到了海边,他依靠父母的魔力,在海面上走了两天两夜,却一无所获。大海茫茫,要找那么一个小小的戒指谈何容易?正当库达拉感到精疲力竭的时候,一只海豚碰了碰库达拉的后背,让库达拉骑在它的背上。海豚把库达拉载到了大海的中心,告诉库达拉,公主的戒指就在海底的一个洞里。这个洞由一条七头妖龙把守,要想取回公主的戒指,就必须先杀死七头妖龙。

　　库达拉谢过了海豚的指点,一头扎进了海里。

　　库达拉游到了海底,虽然海底一片黑暗,他还是一眼就看到了海底的洞口。他悄悄地游近洞口,看到里面有一条龙把守着公主的戒指。库达拉心中很是纳闷儿,海豚明明说妖龙有七个脑袋,怎么现在看到的只有一个呢?

　　库达拉慢慢地游近公主的戒指。妖龙很快发现了库达拉,它张开嘴朝库达拉吐出了一团烈火。库达拉灵巧地躲开了。他绕到妖龙的背后,拔出宝剑,使尽浑身的力气,一刀把龙的脑袋砍了下来。龙的脑袋在地上滚了几下就不见了,可是,从那条龙冒血的脖子上又长出了一个脑袋,这下库达拉明白了海豚的意思。

　　库达拉在父母魔力的帮助下,一次又一次地砍掉了妖龙的脑袋,最后妖龙巨大的身子和七个脑袋都一动不动地躺在了地上。

库达拉就这样找回了公主的戒指。

库达拉很快回到海面上。在经过与妖龙的一场搏斗之后,他已经是精疲力竭,于是,躺在海面上随波漂浮。先前的那只海豚又悄悄地游到了库达拉的身边,驮起库达拉飞快地向岸边游去。到海滩的时候,库达拉已经恢复原有的精力。他告别海豚,高兴地哼着歌朝公主的住所走去。

公主的侍女在公主的住所处迎接库达拉王子。

"尊敬的库达拉王子,恭喜您顺利归来。请您先去沐浴,公主正在等您呢。"

侍女们用带有草药和柠檬皮的水洗去库达拉王子身上的盐、沙和其他脏东西。沐浴之后,库达拉王子更显得精神抖擞,像雨后的清晨一样充满活力。

"快把库达拉王子带来见我,他一定累坏了。"铜衣公主得知库达拉王子已经沐浴完毕时,对侍女说。侍女把库达拉王子领进了公主的房间,公主为库达拉准备了非常丰盛的饭菜。吃过饭以后,公主把一个蒌叶块放到了库达拉的嘴里。

终成眷属

库达拉王子咀嚼着蒌叶块,心中慢慢地升起一种甜蜜的感觉。他感到自己已经不知不觉地喜欢上了公主,原先报复的心情已荡然无存了,对公主的爱恋越来越深。

"王子,告诉我,你是怎么知道我的? 你又是怎么找到我住的地方,怎么通过我对你的考验的?"铜衣公主问道。

库达拉王子把事情的来龙去脉,一五一十地告诉了公主。

"当我看到普翠公主和苏拉伊曼在一起的时候,我的怒火可以毁掉整个世界,我向苏拉伊曼发出了决斗的挑战……

"在心灰意冷的时候,我的母亲鼓励我说任何事情在开始的时候都会比较困难,受到挫折时不要轻易放弃……

"我派士兵到处打听哪里有美丽善良的公主,其中一个士兵打听到了你的消息……

"当我得知你就是苏拉伊曼的妹妹时,我的第一个念头就是报复苏拉伊曼。可是在我第一次见到你的时候,我就一下子改变了想法,我不知不觉被你的容貌折服,我现在已经深深地爱上你了。"

库达拉讲完了自己的故事,转身问公主:"你为什么住在这堵铜墙里呢?"

"自从我哥哥苏拉伊曼被风吹走以后,我的父母就筑了这堵墙,防止我也被风吹走,而且派了四个卫兵保护我。"

库达拉王子和铜衣公主举行了非常盛大的婚礼,全国最有名的厨师都被请来烹制佳肴,全国最好的舞女、乐手也都被请来助兴,人们的狂欢持续了好几天。

几天以后,苏拉伊曼和普翠公主得知了库达拉和铜衣公主举行了婚礼的消息以后，他们也举行了盛大的婚礼。

　　苏拉伊曼知道了自己的身世以后，和普翠公主一起回家探亲。库达拉王子和铜衣公主为苏拉伊曼和普翠公主举行了欢迎仪式。两个富有传奇色彩的王子——苏拉伊曼和库达拉最终成为好朋友，他们把两个国家治理得国泰民安，他们的故事也在棉兰老岛传为美谈。

拉普拉普——亚洲的英雄

有一天早上,渔民们还像往常一样在海上捕鱼。海面上和风徐徐,波光粼粼,真是一个打鱼的好天气。正当渔民们兴高采烈地忙着的时候,忽然有人喊道:"你们快看,那边那个闪闪发光的是什么东西?"

大家顺着那个渔民所指的方向望去,只见前方不远处的海面上有一片耀眼的光芒。渔民们把船划了过去,有人用渔网从海里捞出了一个圆形的、沉甸甸的、像水晶一样的东西。它发出的光就像天上的星星一样,闪烁不停。渔民们对这个神奇的东西感到无比惊奇。他们很想知道这个东西是谁的,是干什么用的。在一个老渔夫的建议下,他们将这个神奇的东西献给了国王拉普拉普。拉普拉普国王将这个神奇的东西放在王宫中,空闲的时候就盯着它看上一段时间,他也很想知道这个东西是谁的,是干什么用的。

有一天,拉普拉普国王闲坐在海边,不觉又开始思考那个水晶一样的东西是从哪里来的,渐渐陷入了沉思之中。忽然,远处慢慢退去的海水引起了拉普拉普的注意,只见一个可爱的女人出现在海水中。仔细一看,拉普拉普几乎不敢相信自己的眼睛,因为他看到一条非常美丽的美人鱼正向他游过来。拉普拉普以为是在做梦,他擦了擦眼睛,在一阵惊奇之中,美人鱼已经游到了他的跟前。

"国王陛下,我来自苏禄海,到这里来拜访一个亲戚。但是,几天前当我到达这里的时候,我把我的皇冠弄丢了,那是一个圆形的、沉甸甸的、像水晶一样的东西,几天来我一直在这里寻找,可是毫无结果。陛下,我希望能够得到您的帮助。如果您能够帮我找到那个皇冠,我将用一把充满力量的宝剑作为报答。"美人鱼对拉普拉普说道。

拉普拉普听完美人鱼的话,一抹淡淡的笑意浮现在他的嘴角。原来那个闪闪发亮的东西是美人鱼丢失的皇冠,几天来一直困扰着拉普拉普的问题终于解决了。"你真是太走运了!你丢失的皇冠就在我的王宫里收着,而且我也一直在想这么精美的东西会是谁的,是干什么用的。现在好了,我的问题解决了,你的问题也解决了。这样吧,你现在回去取宝剑,而我回去取你的皇冠,咱们今晚再在这里见面。"

美人鱼听了拉普拉普的话,脸上露出了惊喜的神情。她立刻同意了拉普拉普的建议,一转身就消失在大海的深处。拉普拉普也回到王宫,取来了美人鱼的皇冠。傍晚时分,夕阳的余晖洒下万顷波光,美人鱼看到拉普拉普手中的皇冠,欣喜万分,她急切地用手中的宝剑换取拉普拉普手中的皇冠，然后就消失得无影无踪，拉普拉普甚至都没来得及向她致谢。

美人鱼送给拉普拉普的剑确实是一把充满力量的宝剑。握着这把宝剑，拉普拉普感觉到一种从未有过的勇气和力量。在这把宝剑的鼓舞下，他甚至觉得自己走路的脚步都特别轻快。

拉普拉普回到王宫以后，马上把臣民集合起来，说："你们还记得在大海中发现的那个闪闪发亮的东西吗？你们一定也很想知道那个东西是谁的，是干什么用的。现在，我就把答案告诉你们：那个东西是一条来自苏禄海的美人鱼所丢失的皇冠，我已经将皇冠还给了美人鱼。作为回报，她送给我这把充满力量的宝剑，这把宝剑能够使它的主人更加强大。这件神奇的武器是属于我们所有人的，它的力量必将鼓舞我们战胜敌人，保卫我们这片神圣的土地不受侵犯。"

就在拉普拉普讲完这些话以后不久，麦哲伦率领的西班牙军队入侵马可丹岛，他们的目标是要征服拉普拉普并使拉普拉普的臣民皈依基督教。麦哲伦低估了拉普拉普保卫家园的决心，以为只要一提西班牙国王的威名，拉普拉普就会乖乖地臣服。他派了一个使者来见拉普拉普，敦促拉普拉普向西班牙国王纳贡。拉普拉普对麦哲伦的使者说："麦哲伦是西班牙国王的奴才，我却是自己的国王。我不会向任何人纳贡的。"

麦哲伦被拉普拉普的答复激怒了，他命令军队进攻布拉亚城，利用自己军队武器上的优势占领了该城,并在城里大肆烧杀淫掠。麦哲伦以为自己已经将拉普拉普包围了,就再一次派使者去见拉普拉普,并提出了更加苛刻的要求。

麦哲伦军队的暴行和苛刻的条件更加坚定了拉普拉普不惜一切保卫家园的决心。他迅速召集了军队和成年的男子,组成保卫国家的勇敢军队。他高高地举起美人鱼送给他的宝剑,说道:"我们虽然是一个小部落,但是我们是不可战胜的。我们一定要和入侵者战斗到底。"所有在场的人无不被拉普拉普的气概所鼓舞,他们很快准备了竹矛、大刀、弓箭,发誓要和西班牙入侵者决一死战。

战斗很快爆发了。西班牙军队倚仗精良的装备,向拉普拉普的阵地大举进攻。战斗使双方都伤亡惨重,尸积成山,战场周围的海水都被染红了。

尽管麦哲伦穿着厚厚的铠甲,拉普拉普麾下的一名神箭手还是将毒箭从盔甲的夹缝射进了麦哲伦的身体,紧接着又有一个战士用竹矛刺中麦哲伦的身体。麦哲伦浑身是血,疯狂地挥舞着手中的长剑乱砍。这时,拉普拉普遇到了麦哲伦,他举起宝剑砍中麦哲伦的大腿,麦哲伦仰面倒进海水中。麦哲伦的军队一看指挥官被杀,仓皇撤退。

据说,拉普拉普的这次胜利是亚洲人民反抗西方殖民者的第一次胜利,拉普拉普也因此被菲律宾人称为"亚洲的英雄"。

啾啾小镇的传说

啾啾镇位于玛拉赫山的山脚下,那里风景优美,资源丰富,是一个令人向往的地方。与菲律宾的其他许多地方一样,啾啾小镇并不出名,可是关于啾啾小镇的名字的来历却有一个非常有趣的故事。

在远古的时候,啾啾镇所在的地方是一片森林,动物们在那里愉快地生活,各种鸟儿每天都唱着动听的歌儿。

大约在 1571 年的时候,开始有人在啾啾小镇落户。随着搬迁到这里的人越来越多,他们推选出了一个首领,那人的名字叫作达耀,他有一个儿子叫阿帕亚。既然小镇已有了自己的首领,他们就开始考虑为小镇取一个名字。

有一天,达耀把所有的居民都集中到了广场上,宣布要为小镇取一个响亮的名字。居民们开始热烈地讨论,提出了各种各样的名字,但是没有一个能让所有的人都满意。一番争论毫无结果,达耀首领十分沮丧。正当他不知所措的时候,一个念头忽然在他的脑海中闪过。他对身边的卫兵喊道："你们去给我找一根竹竿，越长越好。"很快有人找来了一根很长很长的竹竿。

"把这根竹竿插到地上。"达耀又命令道。

竹竿很快被插在了广场的正中央。

"乡亲们，你们听我说，"达耀对充满困惑的人们说道，"我们所居住的这个美丽的小镇一直没有名字，为了给我们这个人人热爱的小镇取个名字，我把大家召集到这里一起讨论。但是，我们讨论了这么长时间却毫无结果。我想我们不能再这么拖下去了。为了解决这个问题，我将这根竹竿立在广场的中央，我想以第一只落在这根竹竿上的鸟儿的名字作为我们这个小镇的名字，你们觉得这个主意怎么样？"

镇上的居民已经争论了很长时间，他们都觉得达耀的这个主意的确不错，人们就在广场上静静地等着。他们等啊等啊，终于有一只鸟出现在天空中，过了一会儿，它啪的一声落在竹竿的顶端。人们仔细一看，原来是一只老鹰，但人们根本无法接受以老鹰作为小镇的名字，因为在小镇的习俗中，老鹰只会带来厄运。

达耀叫人将竹竿移到了另一个地方。过了一会儿，一只美丽的小鸟落在了竹竿的顶端，嘴里还发出动听的声音"啾——啾——"，可是，小镇上没有一个人知道这种小鸟的名字。于是，达耀便决定以这只小鸟的叫声来命名这座小镇。

地吉鸟的故事

"地吉鸟，地吉鸟，地吉鸟，我们会来为你工作的。让我们一起把你的水稻收割完。"

里奇到田里去看他的水稻，当他听到这一声音时，他抬起头，惊讶地看到一些鸟儿在上空盘旋，并向他呼唤。

"你们不能收割水稻，"里奇说，"你们是只会飞的鸟。"

但是，鸟儿坚持说，它们知道怎样收割水稻。最后，里奇告诉它们，等水稻成熟的时候再来。于是，小鸟就飞走了。

当鸟儿飞走后，里奇就充满了想要再次见到它们的强烈愿望。他殷切地希望他的水稻能早日成熟。当里奇离开田地的时候，地吉鸟便开始施展魔法，这样水稻就可以迅速生长。五天之后，当里奇回到田地的时候发现，鸟儿已经开始准备帮助他收割水稻了。里奇向它们展示了从哪里开始切割水稻以及怎样切割，然后他便离开了它们。

当他离开鸟儿的视线时，地吉鸟对那些收割水稻的人说：

"割稻的人,你们开始收割水稻。"然后对旁边的负责捆绑的人说,"你们负责把割好的稻子扎成捆。"

于是,那些割稻的人和捆绑的人按照它的吩咐,开始工作。

当里奇下午回到田地的时候,地吉鸟说:

"来吧,里奇,看看我们都做了什么。我们现在要回家了。"

里奇特别惊讶,因为他看到了五百捆的水稻。他说:

"哦,地吉鸟,你想要的所有水稻都可以拿走,因为我很感激你们。"

然后,每只地吉鸟拿了一粒大米,说这是它们想要的全部,然后飞走了。

第二天早上,当里奇来到田地的时候,他发现鸟儿已经在那里。他说:

"地吉鸟,现在用最快的速度收割稻子,结束的时候,我会为你们的神灵举办一个典礼,并且你们一定要来。"

"是。"地吉鸟回答,"现在我们要开始工作了,但是你不用一直待在这里。"

于是,里奇回到了家,建了一个谷仓以用来保存他的稻米,当他再次回到田地里的时候,稻谷全部收割好了。地吉鸟说:"我们已经把所有的稻米都收割了,里奇,所以现在你可以给我们工资了,并且当你回家的时候,所有的稻米将会出现在你的谷仓里。"

里奇对此感到非常惊奇,他回到家的时候,他看到粮仓已装满了稻米。他怀疑地吉鸟是否是真正的鸟。

不久之后，里奇邀请了来自不同城镇的所有亲戚，来帮助他举行典礼。所有亲戚一到，地吉鸟就来了，它们飞到亲戚们的头上，让他们喝酒，直到他们喝醉了。然后对里奇说：

"我们现在要回家了，留在这里对我们不好，因为我们不能和人们坐在一起。"

当它们回家的时候，里奇就一直跟着，直到回到它们的家——一棵班纳西树。在这里，他看到它们脱下所有的羽毛，然后走到稻米里。突然，它们变成了一个美丽的少女。

"你们不是帮助我收割稻米的地吉鸟吗?"里奇问，"但是，你看起来像一个美丽的少女。"

"是的，"她回答说，"我变成了地吉鸟，为你收割稻米，否则你不会找到我，并让我帮你。"里奇带她回到在举行典礼的房子。

里奇非常喜欢这个漂亮的女孩，他问她的父母是否可以娶她。他们非常愿意，并且商量了聘礼。婚礼结束后，所有的亲戚都留在了里奇的家里，一起享受了三个月的盛宴。

猴 子 媳 妇

从前,有户人家有三个儿子,大儿子叫彼德罗,二儿子叫迪耶戈,三儿子叫胡安。儿子们长大成人后,父亲把他们叫到面前,说:

"好孩子们! 现在你们都已经成年了,我要你们去外面的世界看看,希望你们能在外乡讨个门当户对的媳妇,带回家过幸福日子。"

三个兄弟回答说:

"我们一定不会让您失望的。"

他们辞别了父亲,动身上路。兄弟们约好将来在一个地方会面后,就各自朝不同的方向去寻找幸福了。胡安走了几天,看见路旁坐着一个老头儿。

"老爷爷,您好,"胡安很有礼貌地说,"您有什么需要帮忙的吗?"

"多谢你的好心,"老头儿回答,"我没有什么事要你做的。我想给你一块面包,它会给你带来幸福。"

老头儿把一大块面包递给胡安。

"那里有一座宫殿,"老头儿用手一指,说,"你可以在那里找到幸福。你走到门口,马上把我给你的面包掰开,分给看门的猴子吃。你若不这样做,猴子不会让你进宫殿,你自然也就得不到幸福了。"

胡安朝老头儿指的方向走去,很快就看见了一座漂亮的大宫殿,宫殿门口有很多猴子守着。胡安按照老人的指点,掰开面包,分给每个猴子一块。

"进来吧。"猴子打开门,对胡安说。

胡安从宽大的楼梯上了大殿,看见一个金宝座,宝座上坐着一只大母猴。母猴对胡安说:

"你好,年轻人,我知道你是来找幸福的,我要把女儿嫁给你。聪吉娜,出来吧,你的未婚夫来了!"

一只年轻的母猴走上大殿,后面跟着一群猴子。这群猴子把不知所措的胡安和聪吉娜简单地打扮了一下,就把他们送进了洞房。

过了几天,胡安对妻子说:

"我得走了,我和两个哥哥约好的见面时间马上就要到了。"

聪吉娜把胡安的话告诉了母亲。母亲听到这话,对胡安说:

"你要走,就得把聪吉娜一起带走。"

这下胡安可就犯难了,本来他是想借口和两个哥哥见面而离开猴子窝,没想到聪吉娜的母亲还是要他把聪吉娜带上。"带着这么一只猴子,我可怎么去见我的哥哥和父亲呢?"胡安心想,"可是如果老留在这里,哥哥们和父亲会很担心的。"想来想去,胡安还是带着聪吉娜上路了。

胡安和聪吉娜来到约定的地点,看见两个哥哥已经在那里等着了,两个嫂子都长得十分漂亮。胡安心中又是懊恼,又是委屈,一句话也说不出来。

"胡安,你怎么啦?"迪耶戈问他,"干吗愁眉苦脸的? 你妻子呢?"

"在这儿。"胡安闷闷地回答。

"在哪儿?"迪耶戈又问。

"我身边的这只猴子就是我的妻子。"胡安回答。

彼德罗和迪耶戈都感到十分奇怪:弟弟怎么会娶一只猴子当老婆呢?

"你昏了头啦!"彼德罗说,"你怎么能和猴子结婚呢?"

胡安不回答,只是说:"快回家吧,只怕父亲等久了要着急的。"

胡安带着聪吉娜往家里走去,彼德罗和迪耶戈带着各自的妻子,很神气地跟在后面。

父亲听说儿子们回来了,心里非常高兴,很想看看三个儿子娶了什么样的媳妇回来。彼德罗和迪耶戈把他们的妻子带到父亲面前,父亲笑得嘴都合不拢了。当看见胡安娶了只猴子当媳妇时,他还以为是胡安在和他开玩笑,没当真。可是当他看见胡安认真的神情,他就知道胡安说的是真的,差点儿没把他气死。

"不行,我不能让我的儿子娶一只猴子当老婆,不能让一只猴子当我们家的媳妇。如果这件事传出去,那岂不成了村里人的笑柄?"父亲心想,"我得想个办法,把这个猴子媳妇赶出门去。"

有一天,他把儿子们叫到跟前,对他们说:

"叫你们的老婆每人给我做一顶绣花帽子,限两天内做好。两天以后谁要是没做好,我就把谁赶出门。"

他说这话的目的很明显,就是希望聪吉娜办不到,然后就可以把她赶出去了。可是父亲的愿望没能实现。第三天,儿媳们给他送来做好的帽子,做得最好的一项是聪吉娜的。

可是父亲仍旧想打发猴子媳妇走。他又把儿子们喊到面前说:

"叫你们的老婆每人给我做一件绣花短褂。告诉她们,如果有人三天之内做不好的话,那她就别当我们家的媳妇。"

可是结果还是像上次一样,短褂如期做好了,聪吉娜做的那件还是最好看。

这一来,父亲不知再想什么主意好,他又把儿媳们都叫来,说:

"你们每人都在家中墙上画一幅画,限三天之内画好,谁的画最美,谁的丈夫就可以继承我的全部财产。"

过了三天,画都画好了。父亲去三个儿子家看了一圈,聪吉娜画的画比另外两个儿媳妇的好得多。父亲这下可就犯难了,可他向来是说话算数的,他说:

"胡安媳妇画得最美,胡安将继承我的全部财产。"

胡安听了父亲的话,高兴得不得了。他不是高兴自己可以继承父亲的财产,而是因为兄嫂们总是笑话聪吉娜,可她三件事都做得比嫂子们出色,所以非常高兴。胡安越来越觉得聪吉娜可爱,忍不住搂着她亲了一下,谁知这一下竟然亲出了一个大美人,聪吉娜由一只猴子变成了一个年轻美貌的女人。聪吉娜对胡安说:

"我小时候家里来了个巫婆,我不小心惹了她,她把我变作猴子。她说:'等有人真心亲了你一下,你才会变回人的样子。'她把我送给了女猴王,我就做了女猴王的干女儿。虽然你娶了我当老婆,可是你从来就不亲我一下。直到刚才,你亲了我一下,我就变回了原来的样子。现在巫婆的法术解除了。"

胡安和聪吉娜从此过上了幸福的生活,不再有人嘲笑聪吉娜,每个人都羡慕她和胡安是幸福的一对。父亲去世以后,胡安把遗产平均分作三份,自己拿一份,其余两份分别给了彼德罗和迪耶戈。

曼吉塔和拉里娜

这是吕宋岛流传的一个故事。在雨季或冬天,内湖地区的水位上涨,脱离湖岸,岸边长着类似莴苣的奇怪蔬菜。这些植物在数月时间内沿巴士河顺流而下,故事就发生在这时候。

许多年前,内湖的岸边住着一个贫穷的渔夫,他的妻子死了,给他留下两个漂亮的女儿——曼吉塔和拉里娜。曼吉塔有着如夜晚一般乌黑的头发,深色皮肤。她既美丽又善良,为此受到所有人的喜爱。她帮助父亲修补渔网,制作夜晚捕鱼时的火把。她明亮的笑容像阳光一样点亮了小小的海椰子叶房屋。拉里娜皮肤洁白,拥有一头长长的金发,她为此很是骄傲。她与姐姐不同,从不帮助父亲做事,而是整天梳头和捉蝴蝶。她会捉住一只漂亮的蝴蝶,残忍地用别针刺穿它,把它佩戴在头发上。然后她下到湖边,在清澈的湖水里注视自己的倒影,看见可怜的蝴蝶痛苦挣扎她就哈哈大笑。人们不喜欢她的残忍,但他们都非常喜欢曼吉塔。这让拉里娜很嫉妒,曼吉塔越被喜爱,她妹妹就越嫉妒她。

一天，一个可怜的老女人来到他们的房子前，祈求给她碗里装一点米。曼吉塔正在修补渔网，拉里娜正在门廊前梳头。拉里娜看见老女人，就嘲笑那个老女人，并推了她一把，以致她摔倒在地，被一块尖锐的石头划破了头。曼吉塔过去帮助了她，洗干净她头上的血，从厨房的罐子里拿出米来，给她的碗里装满了米。可怜的女人谢了曼吉塔，并承诺绝不忘记她的善行，但对曼吉塔的妹妹她什么也没说。拉里娜并不在乎，而是笑话那个老女人，讥讽她，让她痛苦地继续她的旅程。

她走之后，曼吉塔责备拉里娜残忍地对待一个陌生人；但这一点用处也没有，拉里娜反而更恨她的姐姐了。之后不久，可怜的渔夫死了。他沿河而下，去一个大城市卖鱼，感染了当地爆发的可怕疾病。女孩们现在成了孤儿。曼吉塔雕刻美丽的贝壳售卖，赚取买食物的钱。尽管她请求拉里娜试着帮忙，但她的妹妹却只顾四处玩耍浪费时间。可怕的疾病传遍了各地，可怜的曼吉塔也病了。她要求拉里娜照看自己，但拉里娜只是嫉妒她，而不是缓解她的痛苦。曼吉塔的病情越来越重。最后，当她看上去就快死时，门开了，那个她帮助过的老女人进入了房间。

她手里拿着一袋种子，拿出一颗种子给曼吉塔，曼吉塔立即显示出好转的迹象，但她还那么虚弱，无法道谢。老女人给拉里娜一个口袋，告诉她每隔一小时给曼吉塔一颗，直到她完全好转。然后她离开了，留下两姐妹单独在一起。拉里娜看着她的姐姐，但一颗种子都没有给她。相反,她把种子藏在自己长发里,而不关心曼吉塔痛苦的呻吟。可怜的女孩叫喊声越来越虚弱,但她残忍的妹妹一颗种子也不给她。事实上,拉里娜如此嫉妒姐姐,她希望姐姐死去。

最后老女人回来了,可怜的曼吉塔已经濒临死亡边缘。老女人俯身察看生病的女孩,然后问她妹妹是否已经给了曼吉塔种子。拉里娜给她看了空口袋,并说已按照指示给了曼吉塔那些种子。老女人搜寻了房屋,当然没有发现种子。然后她再次问拉里娜是否把它们给了曼吉塔。那残忍的女孩再次说她已经给了姐姐。房间里突然出现了耀眼的光芒,当拉里娜再次能看见周围东西的时候,老女人站的地方出现了一个美丽的仙女,她现在把恢复健康的曼吉塔拥在怀里。她指着拉里娜并说:"我就是那个可怜女人,曾要求你们施舍一点米。我希望了解你们的心灵。你很残忍而曼吉塔很善良,因此她会与我一起住在我湖中的小岛上。至于你,因为你曾对你善良的姐姐做过邪恶的事,你将永远坐在湖底,梳你藏在头发中的种子。"然后她拍拍手,几个小精灵出现,带走了挣扎中的拉里娜。"来吧!"仙女对曼吉塔说。她把曼吉塔带去了她美丽的家里,曼吉塔在那里过上平静幸福的生活。至于拉里娜,她坐在湖底梳头。每有一颗种子从头发中梳出来,另一颗就被梳进去,每一颗被梳出的种子都变成一种绿色植物,它们漂出湖泊,漂下巴士河。直到今天,人们仍可以看见这些植物,知道拉里娜正因为她的邪恶而正受惩罚。

罗 库 之 死

许多年以前,有一个非常邪恶的国王,名叫罗库,他统治着菲律宾。他残忍而又不公,凡是不遵守他命令的人都会被他处死。他有庞大的军队,对所有国家开战,直到每个地方的人都害怕听到他的名字。

他的权力非常大。他征服了每个反对他的国家,杀害了那么多人,以至于统治天堂的神灵看到了他的屠杀,派了一个天使,命令他停止战争,和平地统治国家。

罗库在他的宫殿里,正在计划攻击他的邻居,这时温和的灯光充满房间,一个美丽的天使出现了,并向他传达神灵的命令。

残忍的国王毫不在意,反而忽视并嘲笑这个神圣的信使。"告诉你的主人,"他说,"让他亲自来传达命令。我不接待信使。我是罗库,所有人都害怕听到我的名字。我是伟大的罗库。"

他正这样说着,宫殿的地基突然摇晃起来,一个无所不能的声音如雷鸣般回响:"你是否对我的命令满不在乎? 你是罗库,所有人都将知道你的名字。以你天性残暴的方式,你将永远在每一条裂缝中哭泣。"

朝臣们被吓坏了,冲到国王的房间,但哪里都找不到罗库。皇袍散落在地上,到处都是,他们看见的唯一活着的东西是一只丑陋的蜥蜴,在桌上朝他们眨着眼。

他们到处寻找,始终找不到国王的踪迹,于是朝臣们划分了王国,并英明地统治着。

至于罗库,你仍然能听到他因为被惩罚而发出的叫声。从裂缝里、树上和灌木丛中,他从早到晚都在叫喊着自己的名字:"罗——库!罗——库!罗——库!"

他必须永远这样叫下去。他奇怪的叫声在菲律宾群岛的每个地方都能听到。

奎科因和盎格洛克

这个故事在南方群岛上很有名。孩子们害怕盎格洛克,就像他们害怕妖怪一样。这个故事是孩子们最喜欢的,他们坚定地相信奎科因的命运。

小奎科因的名字叫作弗朗西斯科,但每个人都叫他奎科因,在比萨扬语中,这是弗朗西斯科的爱称。他是一个善良的小男孩,帮助他的母亲碾压玉米,并在一个大木碗中舂米。但有一天晚上他非常粗心,他在角落里与一只猫玩耍的时候,打翻了一个罐子,所有的油都洒出来了,流到地面的竹条中间,然后消失了。一点油都没有剩下,油灯里也没有油可以用了,因此全家人不得不在黑暗中去睡觉。

奎科因的妈妈很生气。她用拖鞋抽打了他,然后打开窗户大叫道:

"山上的盎格洛克,从门口飞进来,抓住奎科因并吃掉他,他不再是我的了。"

奎科因听到这话吓坏了，因为盎格洛克是一个身材高大的黑皮肤男人，他有可怕的长牙齿，整夜搜寻坏男孩和坏女孩，把他们变成小椰子，放在山上岩石房屋的一个架子上，等他饿的时候就吃掉他们。

所以当奎科因在角落睡觉的时候，他拉了席子盖在头上，他很害怕，有一长段时间都无法入睡。

第二天早晨，他起得很早，来到泉水边。男孩们在那里取水，然后用竹筒把水带回家。一些男孩已经在那里了，他告诉他们昨晚发生的事。他们听说他母亲召唤盎格洛克，都为他感到难过，但他们告诉他不必害怕，因为他们会告诉他怎样才能永远安全地远离那个可怕的人。

事情非常简单。他只需要在黄昏时去河边的椰子树林里，并在两棵树下挖两个洞。然后他需要爬上一棵树，摘下最高处的椰子，之后剥掉它的外壳，用力穿透其中一个眼，对着里面轻声低语：

"山上的盎格洛克！盎格洛克！丑陋的人！我是一个小椰子，来抓我啊，如果你能抓到！"

然后他需要将椰子对半切开，把其中一块快速埋在其中一个洞里，并跑向另一棵树，把剩下的一半埋在另一个洞里。

在这之后，他可以安全地走回家，确定不要跑回去，因为盎格洛克总是遵循椰子树的召唤，他必须在树林里搜寻，以便发现召唤他的那一个。一旦他跨过两个洞之间的那条线，埋在那里的两块椰子就会从洞里飞出来，在他身上合成一整个，然后，飞到它们被摘下来的那棵树上，可以把盎格洛克囚禁一百年。

奎科因想到可以捉住盎格洛克就很开心，他决定当晚就去。他想要一些男孩跟他一起去，但他们说他必须一个人去，否则魔力就会失效。他们也告诉他一个人要小心，不要跨过两个洞之间的那条线，否则他就会像盎格洛克一样容易被捉住。

于是奎科因回到家，整天都保持安静。他的母亲很难过，因为昨晚吓唬了他，她想告诉孩子不要害怕；但她想到泼洒到地上的油，她就决定继续惩罚他，什么也不对他说。

到了晚上，在没有人看见的时候，奎科因带上他父亲的大刀，悄悄地溜到河边的树林里。他不害怕强盗，但他需要大刀，因为打开一个椰子并不是很容易，也需要一些时间，要剥开椰子外壳，即使用大刀也是很难的。

奎科因看见所有的树在他周围，感觉有点害怕。风吹动他头上高高的树枝，发出奇怪的噪音，所有的树木似乎都弯下腰，试图与他说话。他有点后悔来到这里，但当他想到盎格洛克，他振作起来，鼓起勇气继续前行，直到他找到两棵高大的椰子树之间的一片开阔地。

他在这里停下来，在两棵树下各挖了一个洞。然后他把脚放在凹陷处，爬上其中一棵树。这是一件难事，因为凹陷的缺口隔得很远；但最后他够到树枝，爬到了顶端。风摇动着树木，让他感到眩晕,他伸手摘取最高处的一个椰子,把它扔到地上,然后开始从树上下来。下来的时候很容易,他下得太快,滑了一跤,下跌了一段距离,划破了手臂和腿。然而他并不在意,因为他知道自己得到了一个椰子,可以捉住盎格洛克。他把椰子捡起来,剥掉它的外壳,穿透其中一个眼,对着里面轻声说:

"山上的盎格洛克!盎格洛克!丑陋的人!我是一个小椰子,来抓我啊,如果你能抓到!"

然后他把椰子砍成两半,埋下其中一半,又跑到另一棵树,埋进剩下的一半。埋好之后,他觉得自己听到树林里的一阵噪音,他没有走回去,而是尽可能快地跑开了。

现在天非常暗了,噪音变得越来越大声,因此他跑得越来越快,直到前面直接传来一阵可怕的尖叫声,一个有着炽烈眼睛的可怕的黑东西向他飞过来。他害怕地转过身,朝椰子树林跑回去。他知道这是盎格洛克正在回应椰子的召唤,他疯一般地奔跑,但那怪物已经看见了他,并跟在他身后飞驰,生气地尖叫。

他跑得越来越快,但可怕的尖叫越来越近,他感觉两只大爪子靠近他的脖颈,爪子撞到了他,大声地拍打,他感觉自己被带到了高空中。当震惊的感觉消失时,他发现自己被紧紧地挤在两堵坚硬墙壁中间,他能听到盎格洛克尖叫,用爪子在墙壁外部撕扯。然后他明白发生了什么。

他已经跨越了埋下的椰子块之间的界线,它们抓住了他,把他带到了它们被摘下来的那棵树上。他被紧紧地挤压着,但他感觉没有受到盎格洛克的威胁,盎格洛克失望地离开了;因为,尽管盎格洛克喜欢椰子,但他无法从树上摘下一个,而必须把男孩或女孩变成他想吃的水果。

奎科因长久地等待,然后敲打椰子外壳,希望有人能够听到他呼救。整个晚上和第二天以及第三天,他敲打着,叫喊着,然而,尽管人们从树下经过,并发现了大刀,但奎科因在高高的树上,他们没有听见他的叫喊。

又过了好几天好几个星期,人们不知道奎科因发生了什么事。许多人以为他逃跑了,并为他可怜的母亲感到难受。他母亲非常伤心,她以为自己召唤盎格洛克,把奎科因吓坏了。当然,那些把奎科因带去树林的男孩子们能说出一些他的下落,但他们很害怕,所以什么也没说,因此没有人能得知可怜的小奎科因的消息。

如果你在夜晚经过一片椰树林,你能听到某种声音,就像有人在敲击椰子外壳。年长的人们说,椰子生长的距离太近,它们长在高高的树枝上,因此当风摇晃树枝时,它们就撞击到一起。但孩子们知道得更多。他们说:"是奎科因在敲击椰子,他想从里面出来,但他必须在那里待上一百年。"

七个疯狂的傻瓜

在吕宋岛北部,曾经有七个疯狂的傻瓜,他们分别叫胡安、菲利普、马特罗、佩德罗、弗朗西斯科、伊拉里奥、哈辛图。他们整天都很开心。

一天早晨,菲利普叫他的朋友一起去钓鱼。他们在卡加延河待了很长时间。下午两点左右,马特罗对他的同伴说:"我们都饿了,回家吧!"

"走之前,"胡安说,"看一下我们是不是都在这里!"

他数了数,但因为忘了数自己,他发现只有六个人,并说他们中有一个人淹死了。于是他们都跳入河中,寻找他们失散的同伴。当他们都出来时,弗朗西斯科也数了一下,看是否找到了他,但他也没有数自己,于是他们便又潜入水中。

哈辛图说:"如果我们没有找到失去的同伴,就不应该回家。"他们在潜水的时候,一个老人从旁边经过。老人问他们潜水是为了干什么。他们说其中一个人淹死了。

"你们本来总共是几位?"老人说。

他们说是七个。

"好吧,"老人说,"让我来数数你们的人数。"

他们都潜入水中时,老人发现他们就是七个人。找到他们失踪的同伴后,老人就请他们和他一起回去。

到达老人的房子后,老人让马特罗和弗朗西斯科来照顾他的老妻子,让伊拉里奥负责挑水,佩德罗负责做饭,哈辛图负责砍柴,胡安和菲利普去打猎。

第二天,老人说他要去打猎,让胡安和菲利普一起去,并且负责做饭。他们到了山脚下,老人告诉两个人在十点钟做饭。然后,他带着狗上山,并且留下了一只鹿。两个同伴被留在了山脚下,他们从未见过鹿。当菲利普看到一只鹿站在树下时,他认为鹿角是没有树叶的小树枝,所以他把帽子和一袋米挂在它身上,但是鹿立刻就跑开了。

老人回来了,他问米饭是否准备好了。菲利普告诉他,他把帽子和大米挂在了一棵树上。

老人生气了,说:"你看到的那棵树是鹿的鹿角。我们现在得回家了,因为我们没有可以吃的东西了。"

与此同时,被留在家里的五个疯狂的傻瓜也并没有闲着。伊拉里奥去打水。当他到达井边的时候,他看到他在水中的倒影,他点了点头,倒影也向他点了点头。他一遍又一遍地做着这件事,直到最后，他累了，跳进水里，淹死了。

哈辛图被派去收集小树枝，但是他只是破坏了花园的栅栏。

佩德罗煮了一只鸡，但是他没有摘下羽毛。他还把鸡烧得像煤炭一样黑。

马特罗和弗朗西斯科试图阻止苍蝇落在老妇人的脸上。但是，他们很快就累了，因为苍蝇不停地飞，所以他们就用大棍子来打。当一只苍蝇落在老妇人的鼻子上时，他们用力地猛打，因而，老妇人被杀死了。但是她是带着微笑而死的。那两个傻瓜对彼此说，老妇人很高兴，因为他们打死了那只苍蝇。

老人和他的两个同伴回到家时，老人问佩德罗家里是否有吃的东西。佩德罗说锅里有，老人在锅里看到了烧焦的鸡和羽毛。他很生气。

然后他去见他的妻子，发现她死了。他问马特罗和弗朗西斯科，他们对这位老妇人做了什么。他们说，他们只是在打死那些试图给她带来麻烦的苍蝇，而且她对他们的工作非常满意。

接下来，这些疯狂的傻瓜必须做的是为死者做一个棺材，但是棺材是平坦的，就是没有什么可以阻挡尸体掉下来的遮板。老人告诉他们把尸体带到教堂里去。但在路上，他们跑了起来，老妇人的尸体从平坦的棺木上滚了下来。他们对彼此说，跑步是件好事，因为这样他们的负担会更轻。

当牧师发现尸体不见了的时候，他告诉那六名疯狂的傻瓜回去取尸体。当他们朝房子走去的时候，他们看见一个老妇人在路边捡拾树枝。

"老妇人，你在这儿干什么?"他们说，"牧师要见你。"

当他们把她绑起来的时候，她向她的丈夫喊道："啊！这里有一些坏男孩想带我去教堂。"

但是她的丈夫说那些疯狂的傻瓜只是想戏弄她。当他们和这个老妇人到达教堂的时候，那个同样疯了的牧师举行了葬礼。老妇人哭着说她还活着;但是牧师回答说，既然他获得了丧葬费，他就不在乎她是否还活着。于是他们把这个老妇人埋在了地下。

当他们回家的时候，他们看到了从棺材上摔下来的尸体，它正静静地躺在马路上。弗朗西斯科哭着说那是老妇人的鬼魂。他们惊恐万分，跑向了不同的方向，从此分散在吕宋岛各地。

大米的由来

很久很久以前,人们并不知道大米的存在。那时候,我们的祖先靠水果、蔬菜、鸟儿以及野兽为生。因为人们所依赖的食物是大自然提供的,所以他们只能暂时待在一个地方,当那个地方没有东西可供猎取时,他们就集体迁徙到另一个食物充足的地方。

但我们的祖先十分骄傲、快乐。他们为自己棕色的皮肤和创造性的风俗感到骄傲,他们对上帝非常虔诚,他们对这样的生活方式感到满足。

每天,男人们会到山上的树林里去打猎,女人和小孩则忙于捕鱼、采集水果和野菜。经过一天的劳动后,猎物以及水果、野菜会被平均分配到各个家庭中。依靠集体的力量,我们的祖先在很恶劣的环境下世代繁衍生息。

有一天,一队猎人去打一只鹿。他们非常希望能得到更多的猎物,因此一直追到离村子很远的一个树林里。快到中午的时候,他们停下来在一棵大树底下休息,每个人都是又累又饿。

他们在树下休息的时候，看到不远处有一群衣着怪异的人。他们认为这是住在山中的神仙，于是立刻站起来向那些人致敬。

神仙们对猎人们的礼貌感到高兴。作为回报，他们邀请猎人们参加他们的宴会。

猎人们非常高兴在他们又累又饿的时候能参加宴会，但他们又觉得不能白吃神仙们的东西，于是他们就帮着准备食物。

不一会儿，巴哈拉的仆人拿来了一些竹子，将它们放在火上，竹管里装着又小又白的像珠子似的颗粒。之后，煮熟的白颗粒被放在香蕉叶上，摆到了桌子上。桌上还摆满了烤肉、煮熟的青菜和各种新鲜的水果，其他一些装着"水"的竹子也被摆了上来。猎人们立即明白，这不是水，而是巴哈拉酿的酒。

猎人们因为看见了那些白色小颗粒，十分不情愿地加入宴会中来。

"我们不吃白色的虫子。"一位猎人说道。

在场的神仙们都笑了起来。

"这些珠形的颗粒不是小虫子，"其中一人回答说，"它们是煮熟的大米。它们是我们自己种植的谷物，过来和我们一起吃吧。吃过之后，那种舒服的感觉你们肯定一辈子都忘不了。"

听他这么说，猎人们也就不再争论什么，与他们一起吃桌上的美食。吃了煮熟的大米后，猎人们感觉浑身有了力量，虚弱的身子变得强壮起来。

饭后，猎人们向神仙们表示感谢。

"这是稻子。"又有一人解释道，"去皮，洗干净，放进竹筒里，加足够的水，然后将竹筒放在火上，直到煮熟，吃过之后，病弱的人也会强壮。给你们一些种子吧，雨季开始种植，旱季后就可以收获。你们去吧，把大米介绍出去，教村里的人们耕种土地吧，你们将会进化，不再被迫从一个地方迁移到另一个地方了。"

猎人们谢过神仙回到了村里。他们按照神仙的指示去做了，在村里四处介绍吃熟米饭的方法，并教人们如何种植稻子。很多年后，吃大米及种植水稻的方法已经广为流传，其他民族的人也学会了这种技术。

从那以后，大米被人们所熟悉，人们不仅学会了耕种稻子和其他谷物，还学会了饲养动物和建设永久的家园。

含　羞　草

从前,有一对老夫妇,他们的名字分别是蒙东和伊丝卡。他们有一个十二岁的女儿玛利亚,他们深爱着他们的女儿。

玛利亚是个又孝顺又温柔的女孩儿,由于她勤劳善良,每个人都很喜欢她。但是,害羞也是玛利亚明显的性格特征。她是如此害羞,以至于和陌生人谈话都成了负担。为了避免遇上陌生人,她通常把自己锁在屋里。

玛利亚有座花园,那里的花很美,在全村都很出名。玛利亚每天把照顾这些花看作是生活的全部内容,这些花草是她快乐的源泉。

一天,有消息说,一伙强盗袭击了附近的村子,他们杀死了所有的男人,还抢走了村里的女人和钱财。

隔天,这伙强盗来到老夫妇所住的村庄。蒙东看到这伙强盗恶狠狠地闯进了他们的村子,到处杀人放火。他担心玛利亚的安全,就把她藏在花园里。

伊丝卡躲在屋里，当听到强盗的脚步声逼近大门时，她害怕得发抖，然后她祈祷着准备应付将要发生的一切。

"噢，上帝，"伊丝卡祈祷着，"保佑我那可怜的女儿躲过这次灾难吧！"

突然，门开了，强盗闯进屋子，一刀砍中了蒙东的头，蒙东倒在地上。伊丝卡试图逃走，也被击中了脑袋。强盗洗劫了屋中的每个角落，抢走了所有的珠宝和钱财，然后又去抢劫另一个村庄。当蒙东和伊丝卡恢复知觉时，强盗已经离开了。他们跑到花园中寻找女儿，可是他们找遍了花园的每个角落，怎么也找不到可怜的玛利亚的影子。"我可怜的女儿！他们抢走了我可怜的女儿！"伊丝卡哭道。

突然，蒙东感到他的脚碰到一个花园里原来没有的东西，令他惊奇的是，他看到一株小草，一碰到他的脚以后小草就迅速地合上了叶子。这是他第一次看到这样的小草，他跪下来，看个仔细。伊丝卡也和丈夫一起仔细地观察这棵小草。过了一段时间后，这对夫妇相信了这株植物就是玛利亚变的。伊丝卡哭得无法自控。令蒙东惊奇的是，伊丝卡的每滴眼泪都变成了又圆又小的玫瑰色的花，出现在花园中。

从那以后，蒙东和伊丝卡夫妇精心照料着这株小草，把这株小草看作是他们的孩子玛利亚。这株小草和玛利亚有一个非常相似的特点，就是十分害羞，所以他们给这种植物取名为"含羞草"。

年 轻 公 主

从前有个国王,他有三个美丽的女儿。有一天,国王病得很厉害,医生们对国王的病都束手无策。当感到自己快要死去的时候,他就把三个女儿叫到床前。他说:"我的好女儿,我快要不行了。我想宣布,谁能医好我的病,他就可以同你们中的任何一个人结婚。"

他的女儿们说:"亲爱的爸爸,我们完全服从您的意志,我们希望您能恢复健康。"

于是,国王宣布了这个决定,很快就有许多地方的王子带着他们的医生来为国王治病,但是都失败了。

有一天,一条大蟒蛇来到宫里。它在发亮的地板上爬行着,它爬到国王床前。"国王,"它说,"如果你发誓,假如我治好你的病,你就将一个公主嫁给我,那么我就可以医好你的病。要是我治好了你的病而你又不遵守诺言,我就把你吃掉。"

国王答应了它。

于是,大蟒蛇舔了舔国王的身体,国王的病马上就好了,他又像从前一样健康了。

国王马上把他三个美丽的女儿叫来,准备履行他对大蟒蛇的诺言。他问大女儿:"伊丽莎白,你愿意同治好我的病的这条大蟒蛇结婚吗?"

"为什么要我去呢?"伊丽莎白生气地说,"您又不是只有我一个女儿。"

国王又问第二个公主:"你呢,玛蒂尔尼? 你愿意同大蟒蛇结婚吗?"

"我不要,爸爸,"玛蒂尔尼回答说,"请您可怜我,我宁死也不和蟒蛇结婚。"

国王觉得非常失望。如果他不能让一个女儿同大蟒蛇结婚,大蟒蛇就会吃了他。

这时候,他最小的女儿玛利亚走过来对他说:"爸爸,当您生病的时候,我曾经发誓,如果能使您恢复健康,我什么事情都可以做。我愿意同大蟒蛇结婚。"

国王非常高兴。

"你是我最忠实的女儿,玛利亚。"他说。

于是,国王筹备让玛利亚同大蟒蛇结婚。举行婚礼的那一天,她的两个姐姐都不愿意陪伴她到教堂去,她们为这个愿意和大蟒蛇结婚的妹妹感到羞耻。

当大蟒蛇和新娘走上台阶时，突然雷声隆隆，大蟒蛇不见了，一个非常英俊的王子出现在大家面前。

王子说："我原来并不是一条大蟒蛇，而是被魔神的咒语困住的王子。除非有一位好心的姑娘愿意和我结婚，否则，我将永远是一条大蟒蛇。"

参加婚礼的人群沸腾了，他们都为这对年轻的新人祝福。至于那两个自私的姐姐，只好坐在角落里掉眼泪了。

善 有 善 报

从前,在一个村庄里住着一对夫妇,丈夫叫佩利佩,妻子叫克拉拉。他们想要个儿子,可好几年过去了,他们的愿望还是没有实现。

一天晚上,他们俩坐在窗前,一边看着街上的孩子玩游戏,一边聊天。

"我多么想有个孩子呀! 要是我们的孩子也在和这些孩子一起玩耍,那是一件令人多么高兴的事情啊!"克拉拉说,"我经常求老天爷送个孩子给我们,但求了这么多次,老天爷总是没有回应。唉,哪怕是妖怪给我们抱一个来,将来儿子长大了再跟着妖怪去也行啊。"

一年以后,克拉拉生了个漂亮的儿子。佩利佩非常高兴,给他取名叫伊多。

时间过得真快,转眼间小伊多已经长大成人了。一天,佩利佩和克拉拉正在吃饭,忽然有人敲门。

"请进!"佩利佩说。

"不,还是让你妻子克拉拉出来吧,我有话要跟她说。"一个粗哑的声音说道。

克拉拉战战兢兢地开了门,立刻吓得动弹不得——门外站着个熊一样的妖怪。

"别怕,"妖怪说,"我不会伤害你的。我来是为了带走你儿子,他出生前你许过愿的。"

"我说话算数,"克拉拉泣不成声地说,"儿子在这里,你……你把他带走吧。"

伊多这时已长到十七岁,一点儿也不怕妖怪,说道:

"既然我妈许过愿,我就跟你走。"

他辞别父母,出门去了。

妖怪把伊多带到村外很远很远的山洞里,对伊多说:

"你把衣服脱下来,我和你换着穿。"

伊多只好披上熊皮,妖怪也穿上了伊多的衣服。随后,妖怪把一口袋钱递给伊多,说:"你拿着这些钱去周游天下。假使你能在七年内把所有的钱都用在好事上,我就放了你。假使你用这些钱做了坏事,我就叫你永远跟着我。"

妖怪说完话就不见了。

此后,伊多就到处流浪,用妖怪给的钱做了无数的好事。第六年的一天,伊多经过一个村庄,看见人们正在审问一个老妇人。伊多问：

"为什么要审问这位老婆婆呢？"

"她借钱不还，因此，要判她坐牢。"人们回答了他，心里却想："这个怪物到我们这里来干什么？"

伊多用自己的钱替老妇人还了债，把她从牢中救了出来。老妇人不知怎样感谢伊多才好。村庄里别的人都怕伊多的样子，伊多没处投宿，老婆婆就把他带回家。

老妇人有三个女儿。她把熊一样的伊多带到家中，叫大女儿来，说道：

"这位大恩人救了我，我没什么可以报答他的，你嫁给他好吗？"

大女儿回答说：

"娘，你怎么把这么个丑八怪带回家？我不嫁他，我要嫁个英俊潇洒的丈夫。"

母亲叫二女儿来，二女儿也不肯。最后老婆婆把小女儿叫来。小女儿听母亲说完，回答道：

"娘呀，若是没什么能报答这位好心人的话，我就嫁给他吧。"

小女儿长得十分漂亮，伊多听她这样说，十分欢喜。可是这时的他还不能结婚，他和妖怪的约定还有一年。伊多对姑娘说：

"你能等我吗？我一年后一定回来。"

"好的，"姑娘答应说，"我一定等你。为了使你不忘记我，请你收下我的半只戒指。"

伊多把身边剩下的钱分了一半给老婆婆,再往前走。最后一年流浪完了,伊多来到妖怪的洞中,问道:"我按你的条件办了吧?"

妖怪回答说:

"是的,你按我的条件办了,你流浪了七年,所有的钱都拿来做了好事。现在我们再把衣服调换一下。"

妖怪把衣服还给了伊多。这些年,伊多已经长成一个非常英俊的美男子,只是因为披着熊皮,没人能看得出来。他穿上衣服,立刻动身去看未婚妻。

两个姐姐听说有个极漂亮的青年到家里来,心想一定是来向她们中的一个求婚的,就穿着最好看的衣服出来迎接。可是,伊多只对小妹妹说:

"我是你的未婚夫。我穿了七年熊皮,如今期满了。瞧,这是分手前你给我的半只戒指。"

伊多把父母请来主持婚礼。老两口看到儿子因为做了很多好事而被妖怪放回来了,又娶了这么漂亮的媳妇,高兴得嘴都合不拢。

葫芦藤的故事

从前,在一个老农夫的菜园里长着一条葫芦藤。老农夫看着葫芦藤慢慢地长大,就在园子里搭了一个竹架,把葫芦藤绕在竹架子上。

可是,葫芦藤并不感激老农夫的好心,它想像其他植物那样自由地生长。它把这个想法告诉了风。

"亲爱的朋友,你看看我。"葫芦藤可怜地说道,"我完完全全是农夫的奴隶,我需要你的帮助,我想像其他植物那样自由地生长,像小草,像香蕉树,像茉莉花一样不受拘束。我渴望自由,所以,亲爱的朋友,请你把风刮得更猛烈一些,最好把这个该死的竹架子刮倒,那样我就可以自由自在地生长了。"

"你的要求并不是一个好主意,"风回答道,"但是如果你希望这样,我完全可以满足你。"于是,风狠狠地刮了起来,越刮越猛,终于把葫芦架刮倒了。

"真是太感谢你了!"葫芦藤高兴地说道,然后它就躺在地上,准备自由地生长。

正在这时候,一条狗跑了过来,它的一根肉骨头被躺在地上的葫芦藤给遮住了。它不管三七二十一,在葫芦藤中间翻来翻去,狗爪子踩掉了许多葫芦叶子,好不容易找到了骨头,临走的时候还弄断了一条新长出来的葫芦藤。可怜的葫芦藤被弄得遍体鳞伤。

老农夫第二天来看葫芦藤的时候,发现葫芦藤正奄奄一息地躺在地上。于是,他马上又用竹子搭了一个新架子,并把葫芦藤重新缠在架子上。看到自己被重新放到竹架子上,葫芦藤终于松了一口气。一段时间以后,葫芦藤又长出了叶子,并且开了花,架子上挂满了大大小小的葫芦,那些可爱的葫芦让每一个过路人看了都动心。

有一天,风又来了,葫芦藤请求它刮得轻一些,千万不要再把竹架子刮倒了。

"这是怎么了?当你还小的时候,你求我把竹架子刮倒,好让你在地上自由地生长。"风说道,"现在你却让我刮得轻一些,以免把竹架子刮倒。你这前后矛盾的话听起来不是很可笑吗?"

"我经历了一件令我无法忘记的事情。"葫芦藤回答道,"经验是最好的老师。我知道了,世界上的每一种植物都有自己的生活方式。"

茅 草 屋

河岸上有一间茅草屋。有一天,屋子的各个部分忽然争吵了起来。

楼板对茅草墙说:"如果我不在这里,你能做什么事情呢? 很显然,你什么也做不成!"

茅草墙说:"是吗? 如果没有我来保护你,你又有多少用处呢?"

在它们吵闹时,柱子插嘴了:"你们吵什么? 我比你们都重要,是我把你们两个从地面上撑起来的! 你们哪有我重要!"茅草墙和楼板一齐嘲笑柱子说:"不要吹牛皮啦,看你的脚是多么肮脏啊! 你有什么资格和我们比?"

这时候,屋顶醒来了,它听到争吵,长长地叹了口气,说:"难道你们没有看到,是我在保护着你们不被日晒雨淋吗?"楼板、草墙和柱子听到屋顶这样说,都大笑起来。

后来,连接全屋的绳子用尖细的声音说:"假如不是我把你们连接在一起,你们会怎么样呢?"

"好啦,好啦,"柱子不耐烦地说,"请告诉我是谁把你们支撑起来,使得洪水和野兽都不易侵犯你们的?是谁把你们背在自己的背上,默默无闻地承受着你们的重压的?"

茅草屋的各个部分都非常生气,都觉得自己是最重要的部分,谁也不服谁,于是它们吵得更厉害了。

正当它们吵得厉害的时候,忽然刮起了大风。草墙害怕得发起抖来,柱子怕给拔起来,屋顶怕被风吹掉,大家都吓得叹起气来。

但是,屋顶实在用不着忧虑,因为绳子把它绑得紧紧的;柱子已把它的脚插到更深的地里;茅草墙虽然抖动得很厉害,但还是挡住了大风;楼板虽然有些吃力,但也和整个屋子一起,坚持到大风停止。

大风过去以后,屋顶说:"看见了没有?在困难面前,最重要的是互相帮助,而不是看不起别人。我们都应该更好地尽到自己的责任。只有这样,大家才能和平、安静和友好地生活在一起。"

现在已经没有什么可吵的啦,因为屋子的每个部分都受到了教育。它们都明白了一个道理:任何争吵都不会有结果,只有自己埋头实干才是最有说服力的。

盗　火

从前，人们生活的世界里并没有火。火被两个巨人控制着，两个巨人看着火，不许人们接近。有的人比较勇敢，想去把火偷出来，可是所有尝试的人都被巨人打死了。于是人们不能烧水做饭，天气冷的时候也不能烤火。每天夜晚来临的时候，人们都感到非常需要火。

人们就这样生活了很长时间。终于，有一个叫胡安的人无法忍受这种没有火的生活，请了几个动物朋友，商量盗火的办法。

"我们再也不能这样忍受巨人的折磨。只要我们同心协力，就一定可以把火从巨人手里抢过来。"

胡安请来帮忙的动物都觉得胡安的话十分有道理，它们都愿意和胡安一起去把火偷出来。胡安带着他的动物朋友来到村外不远的一块草地上，让青蛙在草地里埋伏着；又往前走了一会儿，胡安让马躲了起来；再往前走了一会儿，胡安让猫趴在地上等着；又往前走了一会儿，胡安让狗蹲着。狗蹲着的地方离巨人住的地方已经不远,再往前,胡安让老虎伏在地上。然后,胡安就去敲巨人家的门。

"你们好呀,巨人!"他在巨人家门前大声叫道。

"进来,进来,"巨人高兴地说,他们当时正觉得十分无聊,"过来和我们一块聊聊天。"他们打开大门,把胡安请了进去。

"你们人类在村里好吗?"巨人问他。

"不太好,我们没有火,不能烧饭,天冷了也不能烤火,那日子简直没法过了。"胡安回答,"你们能不能给我一小块炭火呢?"

"不行,我们不能把火给你,"吝啬的巨人回答,"一个火星儿你都甭想要。"

这时,胡安走近窗口,朝窗外看一眼,悄悄打一个手势。顿时老虎呜呜地啸起来,狗汪汪地吠起来,猫喵喵地叫起来,马咴咴地嘶起来,青蛙呱呱地鸣起来。

"谁这么大胆在外面瞎嚷嚷?"巨人说着,跑出去看出了什么事。

胡安让动物朋友把两个巨人引出去以后,就从炉里拿起一块通红的火炭,跑出门。巨人看见他手上的火炭,跟着追来,眼看要追上了。胡安赶紧跑到老虎跟前,把火炭抛给老虎,喊:

"老虎,拿着火炭快跑!"

老虎接住火炭,飞速地跑开了。巨人紧追不舍,眼看就要追上老虎了。老虎赶紧跑到狗跟前,把火炭抛给狗,喊道:

"朋友,拿去快跑!"

狗接住火炭就跑。巨人还是不肯罢休,眼看就要追上狗了。

狗跑到猫跟前,把火炭抛给猫,喊:

"朋友,拿去快跑!"

猫接住火炭,朝马蹿去。巨人不肯罢休,眼看就要追上猫了。猫立刻跑到马跟前,把火炭抛给马,喊:

"朋友,拿去快跑!"

马接住火炭,疾驰而去。巨人仍旧不肯罢休,再有一会儿就要追上马了。马跑到青蛙跟前,把火炭抛给青蛙,喊:

"朋友,拿去快跑!"

青蛙接住火炭,向村里跳去。那时青蛙是有尾巴的,一个巨人抓住青蛙的尾巴。青蛙又怕又痛,把眼睛鼓得圆圆的,使劲一跳,啪的一声掉在村子当中,只是尾巴落在巨人手里。

人就是这样取得了火种,但青蛙从此没有了尾巴,眼睛也就那么鼓着。

明辨是非的猫

一只狗跑到山里去找吃的。它在路上看见了一只狮子,狮子的后腿给两块大石头夹住了,怎么也拔不出来。

"你好啊,亲爱的狗先生,"狮子说,"请你做做好事,帮我把这两块石头搬开。"

"没问题。"狗说,"您怎么这么不小心,让石头给夹住脚了呢?"

狗在石头底下挖了个洞,这样石头就松动了,于是狮子跳了出来。

狮子呢,本来应该谢谢这只好心的狗,可是它却说:"我已经四天没吃东西了,现在肚子饿得很,你又这么胖,不如你就当我的午餐吧。"

"你?!"狗怕起来,"我救了你的命,现在你倒想吃我,你为什么这样做呢?"

"你这么胖,我又很饿,你当我的美餐岂不是很合理?"狮子说。

"这太不公道了，不能由你说了算，"狗说，"我们去找一个讲道理的裁判员评判这件事。"

狮子同意了，它们就去找一个裁判员。在路上，它们看见灌木丛里有一只猫。它们就说："猫，请你给我们评判一下谁有理，谁没理，好吗？"

猫回答说："好的。你给我讲讲是怎么回事。"

于是，狗把发生的事情全部讲出来。猫听完以后，想出了一个办法处理这件事情。

"这件事情很难处理。狮子先生，要是你不能让我看到狗救你以前你是什么样子的，我就不能判决。"猫说，"我想我们一起回到原来的地方，看看你的脚是怎么给两块石头夹住的吧。"

狮子同意猫的提议。它们来到了原来的地方。狮子把腿放在两块石头中间，狗就把石头一推，重新把狮子的后腿夹住了。

当猫确信狮子的后腿不能再拔出来以后，它说："这就是原来的情形吗？"

"正是。"狮子说。

"你确信你已经不能走开了，是吗？"

"是的。"狮子说。

"你再试一试，看能不能把你的后腿拔出来。"

狮子试着要把后腿拔出来，但是后腿被石头紧紧地夹住，丝毫也不能移动。

"我相信的确是拔不出来了！"狮子大喊道,它已经十分恼火了。

猫一看狮子的后腿果然被紧紧地夹住了,便微笑着说:"对这事情,我可以评判了。狮子,你是一个忘恩负义的家伙。你不会珍惜已经得到的自由,因此,你就留在这里,好好记住这个教训吧。"

牛 的 传 说

很久以前，人类中没有奴仆，就让动物帮助工作。

那时，在一个小山村里生活着一个农夫。他有一头黄牛和一头水牛。它们身上的衣服——牛皮——都很合身。那个农夫很残酷，整天让他的两头牛耕地，就是在烈日当空时也不让牛休息。如此沉重不堪的农活使两头牛感到无比疲惫，当一头牛建议它们一起逃走时，另一头牛立刻就答应了。在农夫不注意的时候，它们逃走了。

它们发觉外面的世界好精彩啊！它们可以做任何它们喜欢做的事而不用顾忌主人的呵斥和鞭打。两头牛走了一段时间以后，发现了一条河。以前，它们一直以为生活的全部意义就是不停地为主人工作，从来没有想过洗澡，因而水牛建议它们一起洗个澡。

它们脱下身上的牛皮，卷起来放在岸边，以防弄湿或弄脏，然后两头牛就光溜溜地跳进河里，尽情嬉戏去了。

农夫发现了两头牛逃走以后，暴跳如雷，拿起鞭子就朝着两头牛可能逃跑的方向追去。农夫沿着两头牛留下的蹄子印儿追到了河边。一到河边他就挥起鞭子,吼道:"你们这两头畜生,还敢逃跑,看我抓住你们以后怎么教训你们!"黄牛和水牛一看主人追到了河边,手里还挥动着那根可怕的皮鞭,就赶紧向岸上放衣服的地方游去。两头牛上岸以后,套上牛皮衣服就朝不同的方向跑去。由于太急,它们把衣服穿错了:水牛穿上了黄牛的衣服,黄牛则穿上了水牛的衣服。由于两头牛朝不同的方向逃跑,所以它们就没能重新换过来。水牛身材高大,而黄牛的衣服太小了,因此现在水牛的牛皮总是绷得紧紧的;黄牛的身材较小,而水牛的衣服太大,因此,现在黄牛的衣服总是松松地耷拉着,特别是脖子处的牛皮更是明显。

水牛和草

很多年以前,地上没有杂草。农夫播完了种之后就可以成天饮酒作乐,等着地里长出好庄稼来。

天神巴哈拉看到了人们这种好吃懒做的性格,就想出了个办法让人们努力工作,无暇偷懒。一天,他让水牛耕种时严格做到每一千步种一颗草籽,让庄稼地里长出杂草。但水牛耳朵有点儿背,没听清楚,每一步都种了一颗种子。

没一会儿,杂草长了出来。天神巴哈拉一看杂草长得太密了,就问水牛：

"水牛,你多远种一颗草籽?"

"一步远。"水牛回答道。

"我不是告诉过你一千步种一颗草籽吗？看,杂草长得这么密,人们再怎么努力工作也不可能清除这么多杂草,所以,必须由你来帮助清除。"巴哈拉说。

"天神啊,"水牛说道,"如果您同意,我愿意把这些草都吃了。"

"可以,你可以吃。但你如果吃不干净,你就得永远帮人类干活,并且会被套上犁。"

从此以后,水牛就以草为食。

海螺和海贝的故事

很早以前,贝壳类动物都没有背在身上的"屋子",因为那时,它们的生活没有什么危险,总是自由自在地寻找食物。在这些软体动物中,有两个非常要好的朋友——比拉比和别可隆,它们总是一起觅食、做游戏,形影不离。

但是,有一天它们充满乐趣的生活走到了尽头。上帝提醒它们注意身体完全暴露的危险,因为它们的身体没有任何的保护措施。一天,上帝主持召开了一个由全体软体动物参加的会议。可是,别可隆在自己的洞里睡觉而误了时间,也不知道为什么,正巧比拉比也忘了去叫它。

当其他所有软体动物都到齐了,上帝说:"时代不同了,没有防备便四处活动是十分危险的。你们最好带上一些可以用来抵御天敌的盾或屋子什么的。"接着,上帝就给每个人发了一件盔甲。

拿到了自己的盔甲,比拉比就回家了。当它路过别可隆的家时,别可隆还在睡觉。如果它不是顾念到它们的关系那么亲密,它完全可以不声不响地走开。可它们说过要有福同享,有难同当。"不,我不能让别可隆因为蒙在鼓里而发生危险。"

比拉比把别可隆叫醒,又把上帝的话告诉它:"你瞧,我们都去开会了,可是你没来。所以,你最好还是快点儿跑去要你的'屋子'吧。"比拉比对别可隆说。

睡眼蒙眬的别可隆很是惊慌,但它不想离开它的床,而且也不觉得自己身处险境。转念一想,别可隆假惺惺地说:"你能弄得到你的'屋子'真是太幸运了。我很想看看那是什么样的,这样我就知道该要什么。能让我看看你弄到的东西吗?"

比拉比毫无戒心,它根本没觉察到别可隆的谎话。于是,它毫不犹豫地拿出它的"屋子"给比拉比看。可一眨眼,那贝壳就不见了。别可隆一下子就把身子钻进了贝壳里,这样比拉比就不能把贝壳拿回去了。惊慌失措的比拉比连忙恳求别可隆把贝壳还给它:

"求求你,别可隆,请把我的'屋子'还给我。那是我的,是上帝给我的。那是我的盔甲,没有这个盔甲,我会很危险的,请还给我吧。如果你去找上帝,上帝也会给你一个的。"

但是,别可隆丝毫都不理会比拉比的请求。拿不回它的东西,比拉比只好再去恳求上帝。它来到上帝那儿,向上帝讲述了它朋友是如何背叛它的。"上帝啊,请再给我一个壳吧,因为我的贝壳已经被别可隆抢走了。"

上帝想听听别可隆的话，就派人去叫别可隆。别可隆慢吞吞地来了。上帝问它是否真的抢了比拉比的贝壳。别可隆一看上帝都知道了这件事情，就老老实实地承认了自己的所作所为。上帝听完比拉比和别可隆的话，对比拉比说：

"比拉比，我感到非常抱歉，我没多余的厚贝壳给你了，只有一个小的贝壳，你只好在这个薄薄的'屋子'里度过一生。"紧接着，上帝又对别可隆说：

"别可隆，你抢了本应属于比拉比的东西。从今以后，你将永远把你的身体留在'屋子'里。"

这两个愤愤不平的软体动物默然相对，它们不敢再说一个字，害怕会有更多的惩罚加在它们身上。于是，它们默默地离开了。

上帝的话变成了事实，别可隆变成了海螺，而比拉比变成了贝类。直到今天，别可隆依然背负着厚重的壳，而比拉比依然用着一个又薄又脆的壳。

猴子的由来

很久很久以前,巴撒尼迦岛国被一个很残暴的国王统治着,他的名字叫罗莫斯。国王和王后对待他们的臣民很残酷,人民深受其苦,对统治者痛恨至极。

国王特别富有,他和王后住在非常豪华的宫殿里,到处都是世界上最美、最昂贵的家具。因为国王罗莫斯和王后嗜好美食,储藏室里为他们准备了各种各样好吃的东西,还有各种各样的美酒。

国王在宫殿里设立了好多豪华的餐厅,以便随时能为他们做各种美味佳肴。而且他们觉得只有贵族才能配得上他们的身份,国王经常邀请那些贵族在皇宫里大吃大喝。可是贵族们并不知道,对他们如此热情好客的主人却是一个非常残忍的、毫无人性的暴君,王后也并不像她在宴会上看起来的那样迷人。

一天,国王和王后为了庆祝节日举办了一整天的聚会。他们大摆宴席,一排一排的桌子上摆满了美酒佳肴。那天天气很好,所以这两位慷慨大方的主人便命人把桌子移到了花园里。客人们和主人一起度过了一段非常快乐的时光,他们吃啊,喝啊,到处是欢笑声。

不知什么时候,一个穿着破烂衣服的老妇人出现在桌旁,与这狂欢的场面很不协调。她步履蹒跚,围着桌子轮流向客人们乞求施舍,然而没有人注意到她。最后,老妇人走到国王陪同贵族吃喝的那张桌子旁边,双手合十,向他们乞求道:

"先生,求你给我一点点食物吧,可怜可怜我吧,我快要饿死了!"

坐在罗莫斯国王旁边的王后看到这个乞讨的妇人后非常生气,她扯开嗓子喊道:"是谁准许你进入皇宫花园的?你这个蠢货,难道你不知道只有贵族才可以来这里吗?"

王后尖厉的叫声引起周围人们的一阵大笑,其中有个人竟然把一个汤匙朝那个可怜的老妇人身上扔去。这使得其他人更加高兴了,他们都以取笑老妇人为乐,一个接一个的汤匙向老妇人身上飞去。无助的老妇人只能尽力躲开他们的袭击。

罗莫斯国王似乎对这种"游戏"很感兴趣。他兴高采烈地对周围的人说:"好极了,大家继续下去,第一个打中头者有奖。"

老妇人陷入了窘境,她站在原地不知道该怎么办好,浑身上下都被飞来的汤匙包围了,上天也救不了她。那些毫无人性的寻欢作乐者做梦也想不到,他们即将为此付出昂贵的代价。

突然,那位老妇人消失了,没等国王和王后反应过来,她已经像一束炫目的白光消失在空中。其他寻欢者同时看到那个令人厌恶的老太婆已变成了一个美丽的姑娘，从头到脚都在闪烁着白光。她的脸被一圈光环包围着，那光亮是如此强烈，以至于周围的人只能隐隐约约地看到她。

白衣姑娘是上帝派来的天使。她怀着满腔的愤怒，对那些客人说："你们都是些卑鄙残酷、毫无人性的人，换句话说，你们都是社会的渣滓。听着，我奉上天的旨意，你们所有的人将变成群居的动物。"

等白衣姑娘说完这些话，一件奇怪的事情发生了。原先被他们用来击打那位老妇人的汤匙全部从地上跳了起来，对准了国王和王后以及他们那些尊贵的客人们的屁股开始击打，他们疼得哇哇乱叫。

等待他们的是更加严厉的惩罚：在座的每一个人的衣服都变成了很长的毛发覆盖在他们身上，他们的手也一下子变长了，四肢着地爬行，嘴里发出的唯一的一种声音就是"叽……叽……"的叫声。

等他们意识到自己已变得多么丑陋时，只能对望一眼，然后狼狈不堪地向附近的森林逃去，与野猪和鹿为伴。他们和他们的子孙从此便栖居在那里，他们成为菲律宾的第一批猴子。

猴子和鳄鱼的故事

在风景如画的菲律宾冯嘉施兰地区,有一对鳄鱼夫妇——鳄鱼布瓦戈先生和鳄鱼布瓦伊太太。他们住在小河旁边,每天都以过河的动物为食。这一带的物产十分丰富,每天都有很多猎物送上门,这些肥美的动物把这对夫妇养成了两只庞然大物。于是,这两只鳄鱼恶名远扬。

鳄鱼夫妇有一个邻居:聪明的猴子马拉可。虽然鳄鱼夫妇早想把猴子当美餐吃掉,但是,一则猴子很聪明,每次都能想出办法摆脱困境,二则每天都有食物送上门,因此,鳄鱼夫妇倒是和猴子和平相处。

有一天,鳄鱼布瓦伊太太生了一场重病,鳄鱼先生用尽了各种办法也没能使鳄鱼太太的病情好转。他请来了最好的医生,医生在仔细检查之后告诉鳄鱼先生,唯一能治好鳄鱼太太病的药方是猴子的肝。

于是,鳄鱼先生就出去寻找猴子的肝。半道上,他碰到了猴子马拉可。猴子正惬意地坐在河边的杧果树上,津津有味地吃着香甜的杧果。鳄鱼先生想出了个主意。他装出一副笑脸,殷勤地问道:"嗨,亲爱的马拉可,你在树上干吗呢?"

"我刚吃完早饭,鳄鱼先生,本来打算去河对岸看一个朋友的,可是我又不会游泳,正发愁呢。"猴子马拉可回答道。

"你怎么不早说呢?"鳄鱼先生装出一副非常友好的样子说,"可以坐到我背上嘛,我很乐意送你过去。"

猴子马拉可一点儿也没有觉察到鳄鱼先生的阴谋,他非常感谢鳄鱼布瓦戈的热心,三下两下爬下树来,愉快地跳到鳄鱼的背上。

鳄鱼布瓦戈慢慢地向河对岸游去。猴子马拉可一边哼着歌,一边得意地欣赏着河边的风景,丝毫没有发觉危险正在悄悄地来临。鳄鱼布瓦戈游到了河中央,在确信猴子已经无法逃走之后,就开口对猴子马拉可说:"马拉可,我亲爱的朋友,我的妻子生了重病,需要你的肝,这是唯一能救她的办法。我不得不拿走你的肝,别怪我,亲爱的。"

猴子听了鳄鱼的话,第一个反应是跳到树上去,这样鳄鱼就抓不到他了。可是,现在他们正处在河中间,怎样才能跳到树上去呢?猴子急中生智,装作毫不在乎的样子,对鳄鱼说:

"听到这个消息,我真是为你妻子担心啊!你要用我的肝为妻子治病,我感到非常荣幸。不过你说晚了,我把肝放在树上的家里了,根本就没带在身上。你如果是特别急着要,那还得麻烦你把我送回树上,我去把肝取下来给你。"

鳄鱼一听猴子这么爽快就答应把肝给他,不由得一阵欣喜,也没有多想猴子的话,就把他送回了岸边。猴子一上岸,三下两下就爬到树上去了。鳄鱼在树底下等啊等啊,半天不见猴子把肝扔下来,于是就对着树上的猴子窝喊道:

"该死的猴子,快把肝扔下来,否则我就把你咬个稀巴烂。"

猴子优哉游哉地从窝里伸出脑袋,笑嘻嘻地对鳄鱼说:

"你这个大笨蛋,也不想一想,我怎么会把肝留在树上呢? 你这个狠心的鳄鱼,要不是我聪明,早就被你杀死了。你想要我的肝,做梦吧!"

猴子就这样用聪明和智慧战胜了凶狠的鳄鱼。

两个老妇人和鳄鱼的故事

在很久很久以前,有两个老妇人住在相邻的两座房子里。她们当中,一个心地特别善良,另一个却是极端自私。有一天早上,心地善良的老婆婆要到河里去捕鱼,当经过一处长得非常茂盛的竹子的时候,她听到头顶上的竹子发出"吱——吱——"的声音,紧接着几条小鱼掉到了她的跟前。老婆婆觉得很奇怪,她把小鱼捡起来说:

"怎么从竹子上会掉下来鱼呢?要是能再掉下来一些鱼,那该有多好啊!"

谁知竹子又开始晃动起来,噼里啪啦地掉下来更多的小鱼。有了这些小鱼,老婆婆就够吃一天的了。老婆婆一看天色还早,就挎着竹篮子继续向河边走去,她想:"今天运气这么好,说不定到了河边能够抓到一些大一点儿的鱼呢。"

可是,老婆婆的运气不是总那么好。她在河边忙了大半天也没有抓到大鱼,于是她就沿着小河往下游走。在一个水流湍急的河湾,她碰到了一条鳄鱼。

"早上好,老婆婆,"鳄鱼说,"今天你来这里干什么呢?"

一看到鳄鱼,老婆婆给吓坏了。她心里害怕极了,可是她又不敢逃走,因为她一跑,鳄鱼就会追过来。

"我本来想到河边抓一些大鱼,谁知沿着河边一走就走到这儿来了。"

"你想抓一些大鱼是不是?你看这样好不好,你到我住的洞里去哄我的小孩子睡觉,我去给你捉大鱼。我那孩子一直不肯睡觉,我用尽了所有的办法也没能让他睡着。"

老婆婆听了鳄鱼的话,心里更害怕了。"这不明摆着让我自己往鳄鱼窝里送吗?"老婆婆心想。可是她现在又没有机会逃走,于是,她决定先答应鳄鱼的条件,一有机会就逃走。

"这完全可以,我帮你哄小孩子睡觉,你帮我抓鱼。"

鳄鱼就把她带到靠近河边的洞里。老婆婆看到一条很肮脏的小鳄鱼正躺在干草上又哭又闹。

"老婆婆,这就是我的小孩子。"鳄鱼对老婆婆说,"你快想个办法让他睡觉吧,我已经让他闹得不行了。我这就去捉一些又大又肥的鱼给你。"鳄鱼妈妈说完,就向洞外走去。

老婆婆一个人刚刚走进鳄鱼洞的时候还不习惯洞里的气味,可是她一看到小鳄鱼哭闹的样子,顿时想起了自己孩子小时候的样子,慈母之情油然而生。她轻轻地拍打着小鳄鱼,唱起了催眠曲：

> 睡吧睡吧，我的好宝贝啊，
> 亲爱的妈妈就在这里。
> 睡吧睡吧，我的好宝贝啊，
> 睡醒了好去做游戏。

老婆婆的催眠曲真是管用，不一会儿，小鳄鱼就甜甜地睡着了。

鳄鱼妈妈说是去抓鱼了，可是离开之前，她躲在洞门口偷听了一会儿。她偷偷地学会了催眠曲的调子，而且听到小鳄鱼入睡以后那轻轻的鼾声，鳄鱼妈妈心里别提有多高兴了。

鳄鱼妈妈悄悄离开了鳄鱼洞，她潜到最深的河里，捉了很多很大很肥的鱼和螃蟹，把鱼和螃蟹放在老婆婆的篮子里，带回了鳄鱼洞。

"老婆婆，谢谢你的催眠曲，你教会了我哄孩子的办法。请你把这篮子鱼和螃蟹带回家去吧，你什么时候需要鱼就再到我这里来。"

"谢谢你，鳄鱼妈妈。"老婆婆说完，就带着那篮子鱼和螃蟹高高兴兴地回家去了。

老婆婆的女邻居看到她带着这么多的鱼和螃蟹回来，羡慕地问:"你在哪里抓到这么多又肥又大的鱼呢？明天我也去一趟。"

好心肠的老婆婆分了一半给她,还告诉她这些东西是怎么来的。

第二天一早,那个自私的老婆婆跑到了河边。当她经过那丛竹子的时候,她停下来贪婪地说:"竹子啊竹子,赶快掉一些鱼下来!"

但竹子一声不响,甚至连叶子也一动不动。自私的老婆婆大为恼火:

"你这该死的竹子,你要是不掉一些鱼下来,当心我拿石头砸你。"

竹子仍旧一声不响,连一片叶子都没有掉下来。

自私的老婆婆气得搬起路边的一块石头向竹子砸去,然后气呼呼地向鳄鱼洞走去。她在那里也碰到了鳄鱼。

"早上好,老婆婆,"鳄鱼以为她还是昨天那个善良的老婆婆,快活地对她说,"今天你又来这里抓鱼,是吗?"

"我来这里抓那些最大的鱼和螃蟹。"自私的老婆婆说,"如果你去抓很多鱼给我,我将替你去哄小孩子睡觉。"

鳄鱼听到这话很不高兴,但还是把她带到洞里。老妇人看到睡在摇篮里的小鳄鱼时,就问鳄鱼:"这个肮脏的家伙就是你的孩子吗?"

鳄鱼回答说:"是的。"

老妇人说:"我来哄这个小东西睡觉,你快去给我抓些大鱼,要快一点儿,我可不想在你这肮脏的洞里待得太久。"鳄鱼妈妈认出了今天的这个老婆婆不是昨天的那个老婆婆,她假装答应这个自私的老婆婆的要求,躲在门外偷听老妇人唱些什么。

自私的老婆婆恨死这条肮脏的小鳄鱼了,她随口唱道:

快睡觉,你这肮脏的小东西,我烦死你这个小家伙了。
要不是想抓大鱼大螃蟹,我一定把你打个半死。

鳄鱼妈妈听到这里,气得牙齿咬得直响,尾巴把草都打烂了。她很想跑回洞里,把这个老家伙吃掉,可是她转念一想,想出了一个更好的主意来惩罚这个自私的老婆婆。

不久,鳄鱼妈妈带回了一个用芦苇织得很密的大篮子。她跟那个自私的老婆婆说:"我为你抓了一篮子的大鱼大蟹,但是,你必须在回到家关好门窗以后才能揭开盖在篮子上的这块布,否则篮子里的大鱼大蟹就会跑掉了。"

"知道啦,知道啦,你怎么这么啰唆呢? 快把篮子给我,我要回去啦。"老妇人说着,把鳄鱼的篮子抢了过去,然后就急匆匆地往家里赶。

一到家,她就把门和窗子都关得紧紧的,甚至把竹地板的每条缝都塞好。把一切都准备好了以后,她兴奋地掀起盖在篮子上的布。谁知……

从篮子里爬出来的是什么呢？原来是一些毛毛虫、蝎子和蛇，它们爬了满地，并且老是逼近她。这个老妇人给吓坏了，她逃到女邻居家里大嚷大吵起来：

"你这个骗子！你知道我的篮子里装的是些什么吗？尽是毛毛虫、蝎子和蛇。"

那位心地善良的老婆婆说："我可没有说谎话，鳄鱼妈妈的确送了我一篮子的鱼和螃蟹。至于为什么你得到的是毛毛虫、蝎子和蛇，那我可就不知道了。我想其中的原因就只能由你自己慢慢想了。"

猎人和小鸟的故事

一个猎人在树林里安上捕鸟机。当他去查看捕到什么鸟的时候,他发现只有一只很小很小的鸟,只好把它带回家去。

在路上,他想:"无论如何,有一只小鸟总比什么都没有好。"

突然,他惊奇地听见这只小鸟讲起话来:"猎人先生,我是一只很小的鸟,你吃了我也没有什么好处,请你让我飞走吧。如果你放了我,我保证帮你当上国王。"

猎人笑了起来,说道:"我才不会相信你呢。"

"如果你听信我的忠告,你肯定能当上国王的。"小鸟说。

"那好,你说吧,你的忠告是什么呢,小鸟?"猎人说。

"第一,你在生气以前要多考虑一下;"小鸟说,"第二,如果不是你亲眼看到过的东西,就不必相信;第三,如果你做了一件事情,就不要后悔。如果你想做国王,记住这三点就够了。"

猎人快活地大笑起来,就把小鸟放走了。

在回家的路上,他一直在回味小鸟的话,自言自语地说:

"如果我听信小鸟的忠告，我就可以做国王了。"

没走出多远，小鸟又飞回到他身后面叫着。小鸟对他说：

"猎人，你是个傻瓜。你不晓得我肚子里有一块有魔法的宝石，现在你放走了我，你就不可能得到它了，现在你后悔也来不及了。唉，可怜的家伙！"

猎人听到了这些话，非常生气。他说："要是我再抓到你，我一定要拿到你肚子里那块有魔法的宝石，然后再把你吃了。"

但是小鸟老是跟着他，在他头上飞着叫着。

"快滚开！"猎人叫了起来，"不要惹我生气。"

小鸟又对他说："你是个愚蠢的猎人。我告诉你，我肚子里有一块宝石，你就相信了。你想要做国王，还记得我给你的三点忠告吗？第一，我告诉你在生气之前要好好地考虑，显然，你已经忘记了我的话，现在你生了这么大的气；我又告诉你不要相信你未曾亲眼看到过的东西，现在你还没有看到，却相信我有一块宝石；你既然放我走了，现在因为一块宝石，又想再抓到我，我不是告诉你不要后悔自己做过的事情吗？"

猎人听到聪明的小鸟的话，气马上就消了。

"再见，"小鸟对猎人说，"记住我对你说的话，也许你真的会做个国王哩！"

"再见，小鸟，"猎人回答说，"我永远忘不了你聪明的话。"

为什么狗会摆动尾巴

一个镇上有一个富人,曾经养着一只狗和一只猫,两只小动物对他来说都很有用。狗已经服侍主人很多年了,老了,牙齿掉光了,但是它对于那只健壮可爱的猫来说,是一个好伙伴。

主人有一个女儿,正在女修道院上学,离家有段距离,他常常让狗和猫去给女儿送礼物。

一天,他把忠诚的动物们叫到身边,命令他们给女儿送一个魔法戒指。

"你很强壮也很勇敢,"他对猫说,"你可以带着戒指,但是要小心不要弄丢。"然后对狗说,"你必须陪伴猫,给它当向导,不要让它受到伤害。"

它们承诺会尽全力,然后出发了。最初什么事都没发生,直到它们走到一条河前。既没有桥也没有船能够过河,只能游过去。

"让我拿着魔法戒指。"狗在要入水时说。

"噢,不行,"猫回答,"主人让我拿着魔法戒指。"

"但是你不会游泳，"狗争辩道，"我很强壮，擅长游泳，能保护好戒指。"

但是猫拒绝交出戒指，最后狗威胁猫要杀了它，猫只得不情愿地把戒指给了狗。

河很宽，水流湍急，就在它们快要游到对岸时，狗把戒指丢了。它们仔细地搜寻，但是怎么也找不到，不得不返回告诉主人。然而快到家时，狗太害怕了，转身逃跑了，再也没出现。

猫独自继续往回走，当主人看到它时，大声问它为什么回来的这么快，同伴哪里去了。可怜的猫吓到了，但还是解释了戒指怎么丢的，狗是怎么逃走的。

听完后主人非常生气，命令所有人去找狗，要把狗的尾巴砍掉作为惩罚。

他也命令世界上所有的狗都加入搜寻，从那时起，一只狗遇见另一只就会说："你是那只弄丢了魔法戒指的老狗吗？如果是，你的尾巴必须砍掉。"然后两只狗立刻露出牙齿、摆动尾巴证明自己不是有罪的那只。

从此以后，猫开始怕水，狗开始摇尾巴。

螃蟹的战争

一天，住在陆地上的螃蟹开了个会，其中有只螃蟹说：

"我们该怎么对付海浪呢？浪声一直这么大，我们不可能睡着的。"

"好吧，"其中一只最老的螃蟹回答道，"我认为我们该对它们宣战了。"

其他螃蟹纷纷表示同意，并决定第二天所有公螃蟹准备好与海浪战斗。按照约定，它们向大海出发了，此时正好遇到了一只虾。虾问它们准备干吗去？

"我们要和海浪打仗，"螃蟹回答道，"因为它们晚上总是发出很大的声音，让我们难以入睡。"

"我感觉你们不会成功的，"虾说道，"海浪这么强壮，而你们的胳膊这么弱小，就连你们走路时，身体都快弯到地面了。"然后它大笑起来。

这使得螃蟹非常生气，它们捏住虾直到虾承诺帮助它们赢得战争。

于是它们一起来到岸边。但是螃蟹注意到虾的眼睛和它们的长得不一样,所以它们认为它的眼睛一定长错了,然后就嘲笑它:

"虾朋友,你的脸转错了方向。你用什么武器和海浪作战呢?"

"我的武器就是我头上的虾钳。"虾回答道。这时,它看到一个很大的浪过来了,就赶紧逃走了。由于螃蟹正朝岸上看,所以没有看到这个浪,就被海浪卷走了。

公蟹的妻子们由于丈夫没有归来而变得很担心,于是就来到岸边,看看能否在这场战斗中帮上忙。但是它们一到海水那儿,海浪就向它们冲过来,杀死了它们。

这之后过了一段时间,许多小蟹出现在了海岸边,虾经常去拜访它们,向它们讲述它们父辈们的悲惨命运。甚至现在,还能在海岸上看到这些小地蟹不停地跑来跑去。它们好像勇往直前和海浪战斗,然后,受挫时,跑回陆地上父辈居住的地方。它们既不像祖辈们那样住在干地上,也不像其他螃蟹那样住在海里,而是住在海滩上。

不忠的西诺古

棉兰老岛北海岸的某个地方,一股洋流开始涌来,到了锡基霍尔岛,然后稍稍向东偏了点儿,流向了宿务岛和内格罗斯岛。在圣塞巴斯蒂安和阿宇卡潭间的狭口处分成了许许多多的小漩涡,搅得附近的水域嘶嘶冒泡。

这对蒸汽机船和大型船只不会构成丝毫威胁,而对坐在仅用竹子做舷外支架的小船中的本地人来说,这些漩涡却足以令他们心生恐惧。他们绕道来躲避这些漩涡。如果你问为什么,他的解释永远是避开漩涡,然后将西诺古的故事告诉你。

很多年以前,马古扬统治着这片海域,可怕的卡普坦从天上放了霹雳,水中和天空中就充满了游弋和飞行的怪兽。天空中的怪兽都有巨大的牙齿和锋利的爪子,但是,由于害怕主人卡普坦,它们虽然凶猛野蛮,却能和平共存。

然而,在海中却不是一片祥和,因为一些怪兽体型庞大又野蛮,而且自信于自己的力量,马古扬对它们也无可奈何。他一直害怕这些凶猛的怪物会袭击自己，最终，他绝望了，叫上卡普坦帮其解决困境。

卡普坦于是把他的快行使者们送到陆地、天上和海里的每个角落，指示应该举行一个世界上所有生物参加的会议。他指定苏禄海中心的卡乌里小岛为会议地点，命令所有生物赶紧到那儿，不得延误。

不久，会议成员陆续到来，天空黑压压一片，飞满了怪兽，海水也因为那些可怕的爬行怪兽的到来在翻滚。

很快这个小岛就挤满了这些可怕的生物。有棉兰老岛的布雅斯、吕宋岛凶猛的地波澜、内格罗斯岛和保和岛的野蛮希宾斯、班乃岛和莱特岛的许多乌戈洛斯、巨大的乌雅克，还有来自萨马岛和宿务岛的其他可怕的怪兽。他们围着金制御座聚成一个大圆，卡普坦和马古扬坐在御座上，这些怪兽尖叫、怒号着，等待主人下达命令。

最后，卡普坦举起手，嘈杂声立即就停止了。然后，他宣布了命令，说马古扬和他就像兄弟一般，也应该得到一样的尊敬。他命令所有怪兽要服从海之神的命令，如有违抗，则会被雷电劈死。然后他要求所有怪兽回到自己的领地，于是乎，怪兽们回去的时候，天空中又一次充斥着雷声，大海又一次咆哮、翻滚着。

不久，岛上就只剩卡普坦和马古扬以及卡普坦的使者西诺古、达拉干和古达拉。他们都很巨大，还有大大的翅膀，能够快速飞行。他们还有长矛、锋利的剑,强大无比。在这三个使者中,达拉干是最敏捷的,古达拉最勇敢,西诺古最帅,也最受卡普坦喜爱。

所有怪物都走后,马古扬感谢了卡普坦,但这个伟大的神说他只是尽了帮助兄弟的责任。然后他给了马古扬一个小小的金贝壳,并说它有强大的力量。马古扬只要把它放在嘴里,就可以变成自己想变的样子了。万一一个怪兽违反卡普坦的命令要攻击他,他只要把自己变成一个体格比敌人大两倍的更强大的怪兽就可以轻松制敌了。

马古扬再一次感谢了他的兄弟卡普坦,把贝壳放在他旁边的御座上。然后卡普坦命令使者拿来食物和饮料,这两个神就在一起欢饮了。

此时,西诺古碰巧就站在御座后面,听到了刚才的话,于是他非常想占有那个神奇的贝壳。虽然卡普坦非常喜爱他,但他还是决意把它偷过来。越是想到这个贝壳的巨大能力,他就越想得到它。拥有它,他就可以作为一个神统治陆地和大海了,藏起来后,他就可以逃过卡普坦的怒火了。因此,他在等待时机把贝壳偷走。终于,他的机会来了。在给马古扬上食物的时候,他偷偷地拿走了贝壳,随后便悄悄地溜走了。

一段时间以来,大家都没有发现他不在了。有一天,卡普坦喊这名他最喜爱的使者,但没有得到回答,于是就命令达拉干去找。达拉干很快就回来了,并说在岛上找不到西诺古。同时,马古扬也注意到金贝壳不见了。

卡普坦知道他的使者偷了这个贝壳逃走了。他勃然大怒，发誓要杀了西诺古。他命令达拉干和古达拉赶往北方寻找这个不忠的使者，并带回来押入大牢。

使者们赶紧飞越蓝色大海，一路向北，在吉马拉斯岛附近发现了西诺古。他看到来追他的人，于是就飞得更快了，但他的速度还是慢一些，追他的人离得越来越近，拔出了剑，冲上前去就准备抓住他。

但西诺古也不是那么容易被抓的。他快速把贝壳放在嘴里，潜入水中，同时把自己变成一只鳄鱼，鳞片像钢盔一样。

达拉干和古达拉徒然地对这个怪兽穷追猛打，但利剑始终无法刺破厚厚的鳞片。

他们一直追到吉马拉斯海峡，西诺古一边逃跑，一边掀起海水。这片海被搅得天翻地覆。当他们来到内格罗斯岛北岸时，海浪朝着巴卡巴岛涌了上去，淹没山川，抹平大地。

西诺古还一直在逃，他径直向班塔延岛跑去，但突然改变了路线，一头冲进内格罗斯和宿务岛之间的窄水道。达拉干于是让古达拉独自继续追，自己快速飞到卡乌里，告诉卡普坦：西诺古就在这个小海峡里。卡普坦一跃而起，直接向东飞去，守住这个海峡的南出口。他手里握着一个巨大的霹雳，就这样等着西诺古的出现。

这个不忠的使者急速驶往狭口深处，掀起滔天巨浪，勇往无敌的古达拉也没有打到他巨大的身体。这时雷声突然响起,正好落在这个怪兽的背上,将他打到海浪下,深深压在海底。他被固定得死死的,无论怎样努力挣脱,都无济于事。挣扎中,贝壳从他的嘴中掉出来,被一条小青鳞抓住了,把它交给卡普坦。

数千年过去了,但在海水深处,西诺古依然以大鳄鱼的样子挣扎着,像一只被钉住的苍蝇。海水绕着他冒泡,小漩涡竞相流过这个三英里的海峡。撑着小船的当地人都会避开这个海水翻滚冒泡的狭口,因为西诺古还在扭动着,依然让人感到害怕。

老鹰和母鸡

一天,一只鹰在天空中盘旋,下定决心和经常见到的地上的一只母鸡结婚。他飞下来,搜寻着,找到了这只母鸡,然后要求她成为自己的妻子。母鸡马上就答应了,但条件是他要等她长出像他那样的翅膀,这样她就可以和他一样飞得很高了。老鹰同意了,并给了母鸡一个戒指作为订婚礼物,告诉她保存好戒指,然后就飞走了。

母鸡对这个戒指非常自豪,把它戴到脖子上。但是第二天,她遇到了一只公鸡,惊讶地看着她,说:"你从哪儿弄的这个戒指?难道你不知道你曾许诺做我的妻子吗?你不能戴其他任何人的戒指,把它扔掉。"

于是母鸡就把这个漂亮的戒指扔掉了。

不久,老鹰带来了漂亮的羽毛给母鸡打扮。母鸡看到他非常害怕,躲在门后,但老鹰叫她过来看看为她带来的这件漂亮的衣服。

母鸡就出去了，老鹰立马就看到戒指不见了。

"我给你的戒指哪儿去了？"他问道，"你为什么不戴它？"

母鸡害怕，不愿意告诉他真相，所以就回答道：

"哦，先生，昨天我在公园散步的时候，我见到了一条大蛇，他吓到了我，所以我就飞跑回家里了。于是我就把戒指丢了，找了所有地方，都找不到。"

老鹰狠狠地看着母鸡，他知道母鸡在骗他。于是就对她说：

"我相信你不会这么三心二意，你找到戒指的时候，我会再过来娶你为妻。但作为对你不遵守承诺的惩罚，你要一直挖地寻找戒指。我只要发现你的孩子，我都会掳走。"

然后，他就飞走了。自此之后，世界上所有的母鸡都会挠地来寻找老鹰的戒指。

公鸡叫早的传说

古时候,打仗是人们解决问题的一个主要方式,那时人们用的武器是刀、枪、弓、箭。战争起因各有不同:有时是一个部落侵占了另一个部落的土地,或是抢走了大批牛羊。有时不过是因为一个本族人和外族人吵架,两个部族就打得不可开交。冤冤相报,战争没有一个尽头,除非战神出场,否则谁也不能解决争端。那些互相为敌的民族派了人带着争端去见战神,请战神西达帕出面评理,解决纷争。

有一天晚上,来见西达帕的使者特别多。他轮流接见来使,仔细听取意见,对每一个问题都认真地考虑,并提出自己的建议。

西达帕知道,接见这些使者的活动将持续到深夜,而他第二天很早就要去处理一件非常重要的事情。因此,他吩咐一个把守寝宫的武士早些去睡,到天亮时叫醒他。可是武士在回自己房间的路上看见一批使者在门口等待西达帕的接见,富于好奇心的武士想知道一些不同部族打仗的消息,就和他们聊了起来。为了满足使者的好奇心,他自己又谈起了一些关于战神的机密大事。武士说够了,就回到房间里,倒在床上睡着了,完全忘记了自己要在天亮前叫醒战神。

西达帕一直工作到深夜才休息,他以为卫兵第二天可以把自己叫醒,所以睡得特别踏实。第二天,战神一觉醒来,看见太阳已经高挂天空,气坏了。他怒气冲冲地来到武士的房间。一看武士还在呼呼大睡,战神便吼道:

"你这个偷懒的浑蛋,还在睡哩!"

西达帕的吼声惊醒了武士。武士从席子上跳起来,看见狂怒的战神,颤抖着伏倒在地,连连叩头。

"西达帕战神啊,"他苦苦哀求,"请您饶恕小人犯下的弥天大罪!"

"没用的东西,没用的东西!"战神咆哮,"你不配当我宫中的守卫!"

"大王息怒,小人该死! 小人醒得晚了,小人醒得晚了,因为昨儿晚上和一些使者谈得太迟……"

"你竟敢违抗我的命令,"西达帕打断他的话,"不按时叫醒我,耽误了我的大事! 你这懒惰无用的东西,该当何罪? 你不但违抗了我的命令,你还泄露了我的机密! 既然你是一个又懒惰又饶舌的家伙,我以战神的名义,剥夺你说话的权利。我要把你的身体缩小,我要让你浑身长满羽毛,可是,你又不会飞,并且以后必须每天清晨都要负责叫醒别人……"

西达帕还没说完,可怜的武士早已说不出话。他的身体慢慢地缩小,浑身长出了羽毛,两手变成翅膀,嘴向前突出,变成了喙。不知是害怕,还是觉得愧对战神,这畜生扇着翅膀,扑棱棱地跳出窗去。武士变成了我们今天所说的公鸡。

现在不管哪一天,公鸡都醒得很早,唤醒酣睡的人,免得他们睡过了头。

为什么狗、猫和老鼠会打架

很久很久以前,在我们所居住的这个世界还很年轻的时候,生活在这个世界上的动物可以用彼此的语言进行交谈,并且能够互相理解对方的意思。因此,动物之间都很友好,世界很安宁,也很平静。在这个美好的环境中,狗、猫和老鼠是好朋友,它们生活在一起,互相分享快乐和分担痛苦。可是有一天,这三个好朋友却因为一场小小的误会反目成仇。

这件本不该发生的事情是这样的:这一天,狗叼着一根肉骨头回到三只动物居住的地方,正巧猫和老鼠也到外面去找吃的了,还没有回来。狗把骨头放在地上,刚刚躺下来,想要休息一下,忽然听到外面有奇怪的声响。它以为是自己的朋友需要帮助,就马上冲到外面去看个究竟。正当狗跑到屋子外面的时候,老鼠空着手回来了,它一进屋就看到了那根骨头。

"我得把这根骨头藏起来,等到了晚上,我和猫、狗就可以美美地饱餐一顿。"

　　老鼠在屋子里找了半天,找不到一个合适的地方藏这根骨头,就想把骨头藏到屋顶上去。

　　"晚上屋顶上有凉风,一边啃骨头,一边看天上的星星,那可真是享受啊!"老鼠心想。于是它就沿着柱子爬到了屋顶。

　　狗回来了,天哪! 它惊讶地发现自己辛辛苦苦找回来的肉骨头不见了。它急切地在屋子里找了一遍又一遍,怎么也找不到那根肉骨头。这时候猫也回来了,一听说肉骨头不见了,它便和狗一起找了起来。可是它们在屋子里找了好几遍,还是不见肉骨头的影子。它们决定到屋顶上去看看。

　　猫爬上屋顶的时候,正好看到老鼠在藏那根肉骨头。它们以为老鼠想独吞,就十分生气。猫的动作比较敏捷,它三下两下蹿到老鼠的面前,不分青红皂白就大声责骂老鼠,一点都不给老鼠说话的机会。

　　"冷静一点,亲爱的朋友,"老鼠抓住了一个说话的机会解释道,"我把这根骨头藏起来完全是出于好心啊。"

　　"我不想听你的解释,你这个贪心的家伙!"猫正在气头上,什么话都听不进去,一把把老鼠拨开,想要抢回肉骨头,不料却把骨头从屋顶上拨了下去。猫这下更生气了,劈头盖脸地又把老鼠骂了一通。

　　狗爬柱子的速度比较慢,它刚爬到一半的时候就听见猫和老鼠在屋顶上的争吵声,紧接着就看见肉骨头掉了下来。于是它就没有继续往上爬，而是跳回地上，守在肉骨头旁边。它想等猫和老鼠吵够了，下来一起分享这顿美餐。可是它左等右等，怎么也不见猫和老鼠下来，自己的肚子呢，已饿得咕咕直叫。于是，它就决定先吃掉自己的一份，留三分之二给自己的朋友们。

猫在屋顶上把老鼠骂了个够，就顺着柱子往下爬。可是，当它回到地上时，它却发现狗正独自在那里津津有味地啃骨头。这下好比是火上浇油，猫觉得心里有一股怒火已无法控制，就和狗又吵了起来，最后三个好朋友不欢而散。

从此以后，每次猫和狗相遇的时候，双方就会大声争吵，有时甚至会打起架来。而每次猫遇上老鼠的时候，就在老鼠的后面拼命地追赶。所以，老鼠只好躲在洞里，等到猫不在的时候才出来活动。

一个小小的误会就这样结束了一段美好的友谊。

国王和山羊的故事

班丝兰国的国王是一个仁慈宽厚的好国王，人们都相信他的聪明和智慧可以和传说中的所罗门王相媲美。但是，令人感到奇怪的是，国王总是害怕说出自己的智慧。国王有一种奇怪的想法，他总是认为只要一说出自己的智慧，他就会立刻死掉。国王的妻子苏丹娜是一个美丽迷人的女人。按理说，国王和王后的生活应该是幸福美满的，可是由于国王具有无比的智慧，却又不敢说出来，有时也会给两个人的生活带来一丝别扭和不快。

国王也曾经和王后谈过自己的想法："如果一个人不能发挥自己由生活经历而积累下来的智慧，那他还不如没有这些智慧。可我总是担心我要是说出我的智慧，就会立刻死掉。"

王后无法接受国王的观点，她说："亲爱的，我感到非常难过。那些认为你和所罗门一样聪明的人已经开始改变看法了，有的人认为你像南瓜一样无知。我希望我的丈夫受人敬重，而且在言语中能时时刻刻显示出过人的智慧。"

国王听了王后的话，没有继续和王后争辩，只是轻轻地叹了口气，无奈地结束了谈话。

有一天，一件小事情打破了国王和王后表面和谐的生活。国王所具有的过人智慧之一是能够听懂动物的语言，无论是天上飞的、地上走的，还是水里游的。这一天，国王正在房里看王后梳头，有两只蟑螂从地上爬了过去，国王听到公蟑螂对母蟑螂说："你去从王后的梳子那弄些发油给我，我想用它滋润一下我的触须。"

母蟑螂的回答使国王感到十分好笑。母蟑螂回答道："你想都甭想从王后的梳子那里弄到一丁点发油，那个吝啬的家伙每次梳头时只涂一点少得可怜的发油在梳子上，等到她梳完头，梳子上就一点油都不剩了。"

国王被蟑螂的对话逗乐了，他趁着王后出去取东西，悄悄地用一根小木棍沾了一滴发油滴在地上。两只蟑螂慢慢地爬近那滴发油，然后就有滋有味地用油梳理触须。看着这两只蟑螂那么有趣地在用油摆弄触须，国王哈哈哈大笑起来。

正巧王后听到了国王高兴的笑声，心想："我从来没有听见国王笑得这么高兴，一定是有什么值得高兴的事情，我一定要他说出来，让我也高兴高兴。"于是，王后就问国王："亲爱的国王，什么事情让你这么高兴呢？"

"没什么，亲爱的老婆，什么都没有。"国王说。

可是，王后对国王的回答并不满意，她说道："亲爱的国王，平常你总是一脸沉思的严肃表情，难得你刚才笑得那么大声，一定发生了什么有趣的事情。你就告诉我吧，满足一下人家的好奇心嘛。"王后半生气半撒娇地说。

"真的什么都没有啊。"国王拒绝了王后的要求，"我刚才根本就没有笑，哪儿来的笑声呢？"

"我明明听到了你的笑声，告诉我你看到了什么有趣的事情了，好吗？亲爱的……"

"行了行了，我说没有就是没有，你不要再问了。"

王后听了国王的回答，十分生气："你……你……我看你一点都不爱我了。"

其实，国王在王后的恳求下早就想把蟑螂的事情告诉她了，可是他总是记得自己的顾忌——如果说出自己的智慧就会立刻死掉，于是他就不理睬王后的话。

王后一看国王不理她，就又哭又闹，又撒泼又撒娇，要国王告诉她所发生的事情。可是国王总是担心说出来的后果，不管王后怎么闹，国王就是不说。

"亲爱的王后，的确没有发生什么不好的事情，而且，如果是我能说出来的事情，我早就告诉你了，你明白吗？"

王后根本没法理解国王的话，她再也控制不住自己心中的怒火，她大声喊道："你不用说了，我看再明白不过了。你根本就不想和我分享你的快乐，你一点都不关心我，我看我还不如死了算了。"

"我说了我不能告诉你就是不能告诉你,你怎么就不能理解我一下呢？王后啊,你是一个讲道理的人,你怎么能动不动就想死呢？结束自己的生命是一件非常不光彩的事情。"

国王的劝告对王后一点用都没有。"我已经决定了,今晚趁你睡着的时候,我就去死,今天是我们在一起的最后一天。"

国王觉得继续说下去也是没有用的,他改变了一下口气,说道:"既然这是我们在一起的最后一天,那么,今天晚上你能不能陪我到湖边的花园里去散散步呢？那里的景色那么好,也许你就会把今天所发生的不愉快的事情忘掉。"王后一看国王改变了口气,就答应了他的要求。

那天晚上,国王和王后来到花园里散步。月光轻柔地洒满了花园的每一个角落,平静的湖面倒映着四周的绿树红花,空气中飘荡着淡淡的幽香,一切都那么令人陶醉,一切都那么令人心旷神怡。国王和王后静静地漫步在这温馨浪漫的花园里,静静地欣赏着花园里的美丽景色,直到两只山羊出现在他们的面前。在湖四周的岸上种着许多果树,树上结满了诱人的果实。国王听到母山羊轻轻地对公山羊说:"哦,亲爱的,你去给我摘一些果子好吗？我的口好渴啊。"

公山羊二话没说,走到岸边。它看到平静的水面上倒映着岸上的果树,以为水里也有果实,就扑通一声跳进了水里。公山羊一跳进水里,水面就开始晃动,再也找不到水果的影子。

公山羊浑身湿漉漉地爬上岸，满脸愧色地对母山羊说："实在很抱歉，亲爱的老婆，我没能为你把水果摘下来。我一跳进水里，那些水果就一下子消失了，我找了半天也没找着。"

"我要那些水果，我都快渴死了。我说了我要水果来解渴嘛，你快去摘些水果给我啊！"母山羊一点都不听公山羊的解释，仍旧一个劲地吵着要吃水果。

"好的，好的，亲爱的老婆，"公山羊说道，"我这就再去试一试。"

这只深爱着妻子的山羊又一次跳进了水里。可是，它仍旧是一无所获地爬了上来。"亲爱的，我还是没能摘到水果。你看到了，我一跳进水里那些水果就全都不见了。我已经尽力了。"

"喔，我真是太可怜了，我怎么会有这么一个没用的丈夫呢？我想吃水果的时候他却什么都不能给我。"母山羊大声叫了起来，并且偷偷地看着公山羊的反应，"我还不如死了算了。我要自己到水里去找水果吃，哪怕被淹死了也无所谓，反正我也不想活了。"

站在一旁的公山羊没想到母山羊会这么说，它又一次跳进了水里，可是，那捉摸不定的影子又一次消失了。"亲爱的，我实在是没有办法，我一跳进水里，那些水果就消失了。"

"那我就去死给你看。"母山羊还是丝毫不肯让步，就像一个深受溺爱的孩子受不得一点委屈一样。

公山羊再也没有耐心去哄这只蛮不讲理的母山羊了，它感到十分气愤:"你不是说要去死吗? 那你就去死算了! 你就像是一个被宠坏的小女孩,你以为这个世界上只有你一只母山羊吗? 我才不稀罕你呢,你尽管去死好了!"

母山羊呆呆地想了又想,很懊悔自己的任性和对丈夫自尊心的伤害。"对不起,亲爱的,我不应该叫你去做一件不可能的事情,也不应该那么任性,说那些伤害你自尊心的话。我可不想离开你,你是这个世界上对我最好的山羊。"

一个小小的插曲就这样结束了,两只山羊慢慢地消失在湖边的树林里。国王和王后都看到了,但只有国王明白是怎么回事。这个小插曲给了国王一个解决自己问题的主意。"女人都是一样的,这只母山羊的心态说不准就是王后的心态,我何不学这只公山羊的办法来解决自己的问题呢?"

国王心中一阵窃喜,脸上却丝毫不露痕迹。他转过身,对王后说:"王后啊,你说过你要去死,我想我也没法阻止你。不过你我怎么说也共同生活了多年,不知我能否为你做点什么,可以使你更快地实现自己的愿望。"国王停了一会儿,又说,"反正你又不是这世界上唯一的女人。"

王后简直不敢相信自己的耳朵,她吃惊地叫了起来:"你怎么能这么说呢? 我死了以后你就可以再娶别的女人了,是不是?"

"我已经说过了嘛,你又不是这世界上唯一的女人,这个世界很大很大,比你好的女人多的是。"国王一看山羊的办法起作用了,就更加沉着了，又慢悠悠地说些刺激王后的话。

王后果然上钩了，她的眼泪不停地流了下来。她看到国王脸上严肃的表情，知道该是自己让步的时候了。"我……我……我才没那么傻呢，为了一件……小事就去死。我才不在乎你为什么笑得那么大声呢。你以后爱怎么笑就怎么笑好了，我才不去多管你的闲事，我不愿一赌气就去死，那我可就太傻了，只有小猪才那么干呢。"

国王一听王后这么说，高兴得恨不得一下子抱住王后亲她几下，但他知道如果自己表现得太激动，会引起王后的怀疑。于是他只是轻轻地擦去王后脸上的泪水，继续和她一起散步。

花园里月色依旧，湖面上倒影如故。